龍馬を斬った男

晩年の今井信郎

今井信郎伝

龍馬を斬った男　今井信郎伝

目次

第一章

戦人

（初倉《はつくら》村の村長に当選した年は、大変な目にあったな）

今井信郎《のぶお》は、病床で静かに目を閉じた。大正六年（一九一七）、信郎は脳卒中で倒れ、床についていた。しかし、明治三十九年（一九〇六）の出来事はありありと蘇る。

「今井村長、あなたが坂本龍馬を殺したんですか」

「谷将軍は、あなたの談話を売名行為だと言っていますよ」

「どうなんですか。答えてくださいよ」

東京や大阪から来たと思われる新聞記者が、続々と静岡県榛原《はいばら》郡（現・島田市）初倉村にある信郎の家に詰めかける。静かな寒村が突如として、熱気に包まれた。しかし、信郎は、

「何も話すことはない」

とだけ言うと、ピシャリと戸を閉めた。事の起こりは、明治三十九年十一月、西南戦争の

英雄で子爵《ししゃく》であった谷干城《たにたてき》（土佐《とさ》藩出身）が、京都霊山招魂社《しょうこんしゃ》で執り行われた「坂本・中岡両先生四十年追弔会《ついちょうかい》」において、多くの参列者の前で、

「近頃、今井なる者が、坂本龍馬、中岡慎太郎《しんたろう》両名暗殺の犯人だと自ら名乗り出たそうだが真ッ赤なウソ、今井こそは大山師《おおやまし》の売名奴《ばいめいど》だ」

と咆哮《ほうこう》したことにあった。龍馬は維新後、長く人々に忘れ去られていたが、日露戦争前夜、昭憲皇太后《しょうけんこうたいごう》（明治天皇の皇后）の夢枕に龍馬を名乗る人物が現れて、

「露国との戦端開く暁《あかつき》には、わが心がけたる海軍を保護つかまつる」

と言上《ごんじょう》し姿を消したとの話が『時事新報《じじしんぽう》』に取り上げられ、明治三十八年（一九〇五）には、日本海海戦が日本海軍の勝利に終わったことによって、龍馬は一躍知られるようになった。谷は『近畿評論《きんきひょうろん》』（一九〇〇年五月）掲載の「坂本龍馬殺害者　今井信郎氏　実歴談」の記事を読み、信郎を怪しからん奴と非難した。谷は、龍馬が殺された時、いち早く駆け付けた人であり、重傷の中岡慎太郎から、話も聞いている。龍馬殺害は、新選組《しんせんぐみ》によるものと思い込んでいた。

確かに信郎は、かつて龍馬暗殺について、語ったことがあった。甲府に、友人でキリスト者の結城無二三《ゆうきむにぞう》を訪ねた時のこと。会食の席には、無二三の息子で、甲斐新聞の記者をして

いた礼一郎《れいいちろう》も同席した。無二三は、息子に信郎を、

「これが、それ何時《いつ》か話した坂本龍馬を斬った人だ。参考のため色々聞いておくが良い」

と紹介した。信郎は、

「いや、詰まらんことです。お話するほどのことはありません」

とだけ言って口を噤《つぐ》もうとしたが、

「是非、当時のことをお聞かせ願いたい」

礼一郎は黙して語ろうとしない信郎に、何度も頼み込み、ついに話を聞いた。礼一郎は貴重な話を胸にしまっておくのは、もったいないと感じ、記者の習性から、信郎の話を『甲斐《かい》新聞』に書いた。信郎の話をそのまま書いたのではなく、事実を修飾し、芝居風に書いた。その記事を、甲斐新聞の編集長をしていた岩田鶴城という人が、明治三十三年、『近畿評論』に転載してしまう。

「今井信郎氏　実歴談」は、

「ご維新の時、坂本龍馬と中岡慎太郎を斬ったのは世間では近藤勇《いさみ》と土方歳三《ひじかたとしぞう》だと思っていますし、歴史にもそうあればその当時の人も大概そうだと思っていましたが、実は私です。坂本も私なぞに斬られるより、近藤に斬られた方がよかったかも知れません。ハハハハ」

から始まる。信郎が言いそうもない、何とも軽い話しぶりである。

「ところが慶応三年の十月です。もう天下が大騒ぎで、私も田舎にぐずぐずしておるでもあるまいと思うて、その月の十五日に京都に出かけました。道中に十二日ほどかかって月末に京都に入ってみますと、思ったより騒々しかったです。何、目的も何もありゃしません。ただ面白い面白いでやったまでです」

どこまでも軽い、信郎の心とも、事実とも著しく違う「実歴談」である。脚色を交えた記事を書いたことを、礼一郎は後に謝罪している。

信郎は『近畿評論』騒動について、多くは語らなかった。ただ、和田恒彦《つねひこ》という大阪新報の記者の質問状にだけは、村長を退職した明治四十二年(一九〇九)、次のように簡潔に回答している。

一、暗殺に非《あら》ず。幕府の命により、職務をもって捕縛《ほばく》に向かい、格闘したるなり。

一、新選組と関係なし。予は当時、京都見廻《みまわりぐみ》組与力頭《よりきがしら》なりし。

一、彼、かつて伏見《ふしみ》において、同心三名を銃撃し、逸走《いっそう》したる問罪《もんざい》の為なり。

一、場所は、京都蛸薬師《たこやくし》角、近江屋《おうみや》という醤油屋の二階なり。

＊

「父上」

呼びかけに目を開けると、次男の信夫《しのぶ》が目の前に正座している。

「調子はどうですか」

と聞くので、

「まずまずだ」

信郎は、ボソリと答えた。

（顔は随分痩せたかな）

信夫は思ったが、誇り高い父を傷付けることになるので、勿論、口には出さない。

「父上、今度はこちら向きに寝ましょう」

信夫は、床ずれを防ぐため、寝返りをうたせようと、信郎の腕と腰を触った。

「うっ」

信夫は腕に触れると、驚きの声をあげた。病で寝込んでいるにも関わらず、信郎の腕の太さは、未だ自分の倍以上あったからだ。若い頃から鍛え抜かれた肉体は、まだ衰えていなかった。向きを変えた時、三男の健彦《たけひこ》が見舞いに室に入ってきた。健彦は『中央新聞』の記者を務め、後に、大正十三年(一九二四)には総選挙に出馬し、政友会《せいゆうかい》の代議士となるほどの野心家であったので、話の合い間に、

「大勢の敵を相手にする極意は何でしょう」

と、信郎に聞いた。すると、信郎は、

「逃げるが一番だ」

ポツリと呟いた。意外な答えに驚いた兄弟二人は、

「どうしてですか」

興味津々に、膝を乗り出し、声を揃える。

「一度に数人が相手では、一人か二人を斬ったところで、いつかはやられる。だから逃げる。逃げているうちに、追いかけてくる連中も、足の速さの差もあろうから、自然と一列になってこよう。その時、振り返り様に斬る。深手を負わす必要はない。追う力を失くさせるだけで良い。そうやって、一人一人斬っていく」

逃げると聞いた時は、

（年のせいか）

（病で、気弱になったか）

と落胆した兄弟であったが、後の言葉を聞いて、さすがは父だと感嘆する。腕の強さや剣《けん》技《ぎ》だけでなく、冷徹な計算によって、父は激動の幕末維新を生き抜いてきたのだ。息子たちは、暫くして、

「また来ます」

と言って去った。

夜になった。風がカタカタと戸を鳴らしている。信郎は、時おり目を覚まし、うつらうつらしていた。

「大勢の敵を相手にする極意は何でしょう」

健彦の昼間の問いが耳に響いた。

（敵）

信郎は、心の中で呟いた。突如、坂本龍馬の顔が頭に浮かんだ。薄暗い部屋の中で、ほんの一時、命のやり取りをしただけだった。様々な剣士とやり合ってきたが、龍馬が最も斬り応えがあった。その時は、そのような事を想う暇もなかったが。龍馬が斬られた時に発した

実に嫌な叫び声も耳に木霊《こだま》した。信郎は、流れ出る冷汗を拭うことができず、仰向けになっているしかなかった。隣で寝ている信郎の妻・いわは、スヤスヤ寝息をたてて、信郎の異変に気付いていない。

（すまぬ。あの時は、已《や》もう得《え》なかったのだ）

目を瞑《つむ》り、冥府《めいふ》の龍馬に詫びた。目を閉じると、そこには砲声が響き、喚声が轟《とどろ》く戦場の光景が映《えい》じた。多くの者が血を流し、呻《うめ》いている。その中を、信郎は独り、刀を振り回し、突き進む。

また、別の光景が頭に浮かんだ。幼い頃、弁慶の七道具よろしく棒や木剣《ぼっけん》を背負い込み、喧嘩をし、野原を駆け回った日々である。周りの者が、

「戦人《いくさにん》が来たぞ」

と叫び、逃げていく。信郎の目は再び開き、

（ひとたび、戦いに足を突っ込むと、なかなか抜くことはできぬ。戦場の光景は忘れることができない）

との感情が身に押し寄せてきた。思えば、戦いの生涯であった。「戦人」は、いつまで経っても「戦人」なのだ。

＊

「渡辺吉太郎《きちたろう》でございます。ご主人にお目にかかりたい」

慶応三年(一八六七)十一月十五日、底冷え厳しい京の都。氷雨《ひさめ》が降っては止み、止んでは降るを繰り返していた朝である。見廻組隊員・今井信郎の仮寓《かぐう》(今出川千本《いまでがわせんぼん》)の戸口に、くぐもった声がした。

信郎の妻・いわが「どうぞ、主人はこちらに。ご案内します」と応対に出ると、吉太郎は無言で会釈をする。朝餉《あさげ》の用意をしていたのだろうか、どこか忙しげだ。軋《きし》む床を踏み鳴らしながら、奥の間にたどり着くと、すでに障子は開け放たれていた。この家の主人の朝は早い。

信郎は、吉太郎と目を合わすと軽く頷き、いわに障子を閉めてさがるように促した。いわが障子を閉めると、すぐに、信郎は、切れ長の目を見開いて、切り出した。

「何かあったのか」

「佐々木さんが、急ぎ来てくれとのこと」

「何やら、大事のようじゃな。単なる見廻りではあるまい。斬り込みか」

「はい、おそらくは。武者振るいがしてくるわ」

「すぐに参ろう。しばし、待たれよ」

言うが早いか、信郎は、台所へと向かう。

「ちょっと出てくる」

泣き出した乳飲み子、長女りゅうをあやしていた、いわに声をかけると、三尺二寸の朱鞘《しゅざや》の大刀を引きずるようにして帯にぶち込む。

「お気を付けて」

竹ノ子笠《たけのこがさ》と蓑《みの》を素早く手にとり、身に付けた信郎の姿を心配顔で見つめつつ、いわは二人を見送るため、戸口に出た。冷気が身を包む。吉太郎は、いわに一礼をしたが、信郎は、妻には何も言わず、そのまま身を翻《ひるがえ》して、人通りが少ない路を、雨に打たれて歩んでいった。

(もしかして、斬り込み)――数日前の夜にも吉太郎がやって来て、しばらくすると、二人は硬い面持ちで去っていき、その晩には、血が付いた衣《ころも》で、信郎が帰宅したことから、いわの胸には、不吉な予感が去来していたのだ。(どうか、ご無事で)――二人の姿が見えなくなるまで、いわは、肌を刺す風に耐えながら心で念じていた。

信郎と吉太郎は、上京《かみぎょう》の分銅町《ぶんどうちょう》にある、やす寺(現・松林寺)に向けて、歩を進める。信郎を呼びつけた「佐々木さん」――見廻組与頭《くみがしら》・佐々木只三郎《ただざぶろう》は、同寺を宿としているからだ。

天保四年(一八三三)、会津《あいづ》藩士・佐々木源八《げんぱち》の三男として生まれるも、安政《あんせい》六年(一八五九)、二十七歳の頃に、幕臣・佐々木弥太夫《やだゆう》の養子となった只三郎。撃剣《げっけん》を同藩の師範・羽嶋源太《げんた》に学び、神道精武流《しんとうせいぶりゅう》の奥義を会得《えとく》し、槍術《そうじゅつ》をも得意とする練達《れんたつ》の士である。

文久《ぶんきゅう》三年(一八六三)、将軍警衛のために組織された浪士組《ろうしぐみ》を尊王攘夷《そんのうじょうい》運動に利用しようとした策士・清河八郎《きよかわはちろう》(出羽国庄内《でわのくにしょうない》藩の出身)を暗殺した刺客の一人であり、同年六月に京都見廻組勤方《つとめかた》(慶応元年、与頭に昇進)に任じられてからは、都に入り込んでいる反幕派の武士を取り締まるため、洛中洛外の巡察に精魂を傾けていた。

見廻組は、元治《げんじ》元年(一八六四)に誕生した。京や大坂では、反幕派による暗殺事件が横行、治安は悪化の一途をたどっていた。京都所司代《しょしだい》と町奉行《まちぶぎょう》はあったが、それでは手に負えない。そうした状況を打開するために、幕府は、松平容保《まつだいらかたもり》(会津藩主)を京都守護職《しゅごしょく》に任命、容保は千人の会津藩士を率いて上洛している。会津藩の庇護《ひご》のもとには、近藤勇が率いる武装組織・新選組がいて、彼らは、尊王攘夷派の浪士を斬殺《ざんさつ》・捕縛した池田屋《いけだや》事件(一八六四)で武名をとどろかせていた。

反幕勢力を追い詰めるために、次の一手として編《あ》まれたのが、見廻組であった。組は会津藩主の配下となり、統轄する見廻役には、蒔田広孝《まいたひろたか》（備中国浅尾藩主《びっちゅうのくにあさお》）、松平康正《やすまさ》（旗本《はたもと》）が任命され、両人および与頭以下の隊士は、家族とともに京へ移住することが義務付けられていた。

新選組が町人や農民出身者を含む浪士から構成されたのに対して、見廻組は幕臣（旗本や御家人）で成り立っていた。隊士は、禄高《ろくだか》を七十俵《ぴょう》、役扶持《やくぶち》を三人扶持とすることになっていたので、例えば、四十俵の御家人が隊士となった場合は、三十俵と三人扶持が加えられることになる。ところが、俸禄《ほうろく》が上がっても、危険を伴う一家での京都移住が障壁となり、思うように隊士が集まらなかった。定員は四百人ほどだが、三百人超の隊士を確保するのがやっとであった。

やす寺の門をくぐり、急な下り坂を経て、境内に着いた二人が、取次の者に案内されて、一室に入ると、隊員の高橋安次郎《やすじろう》、土肥仲蔵《どひちゅうぞう》、桜井大三郎《だいざぶろう》、桂隼之助《かつらはやのすけ》が只三郎を取り囲むように座している。

「今井君、渡辺君、急ぎこちらへ」

二人の来訪にすぐ気が付いた只三郎は、手招きして導き入れた。滑り込むように座に加わった二人を見届けると、只三郎は、上がり眉毛を眉間に寄せて、静かに言葉を継いだ。一同の視線は、佐々木の口元に注がれている。

「本日、御集りいただいたのは、他でもない。土州《どしゅう》(土佐)藩・坂本龍馬に不審の筋がある。諸君もご存知のように、坂本は、昨年、伏見で捕縛のところ、短筒《たんづつ》を放ち、伏見奉行所の同心二名を殺《あや》めて逃走した悪人。その坂本が近頃、河原町三条下がるの土州邸向かいの町家《まちや》に旅宿中とのこと。よって、今回は取り逃がさぬように捕縛すべし、万一、手に余る場合は討ち取るようにとの御指図が、御上《おかみ》よりあった」

「坂本に不審の筋とは」

信郎が重い口を開いた。

「日頃、浪士三百名を率い、密かに京に出入りしているとの話じゃ。それだけではない。大目付・永井玄蕃《げんば》様より伺った話では、徳川慶喜《よしのぶ》公が政権返上の建白書《けんぱくしょ》をご採用なき時は、同志とともに隙を見て、公を討《う》ち奉《たてまつ》る取り決めをなせしこともあったそうだ」

「なんと！　慶喜公を討ち奉ると」

「許せぬ！　徳川将軍を覆《くつがえ》そうと謀った大罪人」

安次郎や仲蔵が口々に叫ぶなか、信郎は俯いたまま、震える拳を握りしめていたが、しばらくして、

「捕縛など生ぬるい。斬るべし」

重く低い声で、つぶやくと、

「そうじゃ、坂本は斬るべきだ」

吉太郎が同調したので、他の面々も大きく頷きつつ、只三郎の顔を見た。

「皆の想いも、私と同じようだ。よし、坂本を斬ろう」

只三郎は、いわゆる大政奉還には反対であり、寝食を忘れて、諸藩を駆けずり回り、原状復帰がなるように謀っていた。斬ろうとの言葉には重みがあった。

「して、坂本は今は何処に」

吉太郎が両鼻を膨らましつつ、尋ねる。

「昨夜の諜吏《ちょうり》・増次郎《ますじろう》の報せでは、河原町の近江屋新助《しんすけ》方の二階に未だ潜伏中とのことだ。今日もまた、報せてこよう。もし今晩、坂本が近江屋にいるならば、そこを襲う」

只三郎は、吉太郎の目を見据えて、滑らかに答え、

「討ち入りの手順だが、怪しまれて坂本に逃げられては元も子もない。よって我々は、十津《とつ》川郷士《がわごうし》を名乗り、坂本先生に急ぎお目にかかりたいと、店の者に申し入れる」

と語を継ぐと、粗末な紙片三枚を懐から取り出して、畳の上に並べた。十津川は、大和国《やまとのくに》の最南端に位置する僻地である。

「十津川郷士と書いてある」

と只三郎は言うが、かなり字体を崩して書いており、少し見ただけでは判然としない。

「なぜ十津川郷士なのですか」

吉太郎が聞くと、

「十津川は御領《ごりょう》(幕府の直轄地)ではあるが、古来より御所《ごしょ》の守護兵となる者が多く、かの天《てん》誅組《ちゅうぐみ》の一件では、十津川郷士が多く加わっていたという。そうした勤皇村《きんのうむら》の郷士を名乗れば、坂本も怪しまないだろうし、ひょっとすると、坂本やその一味と十津川郷士との間には交わりがあるかもしれんからの」

「それは名案《めいあん》でございますな。さすがはお頭《かしら》」

吉太郎は膝を打ち、感嘆の声をあげる。天誅組の一件とは、文久三年(一八六三)の、いわゆる天誅組の変のことである。尊王攘夷派の浪士集団・天誅組が、公卿《くぎょう》・中山忠光《ただみつ》を擁《よう》し、大和国で挙兵、幕府軍の討伐を受け、壊滅した事件だ。

「さて、問題はこれからだ」

幾分、声をあげて、一同を見回した只三郎は、

「誰が斬り込むか、私のほうで決めさせてもらった」

有無を言わせぬ、上から押し付けるような物言いであった。見廻組には、腕自慢の猛者が集まっている。このように言わなければ「我こそは」と皆が言い張り、収拾《しゅうしゅう》がつかなくなる恐れがあった。

「斬り込みは、誰でござるか」

高橋安次郎が勢い込んで、問いただす。

「桂、渡辺、今井そして私の四人が斬り込む。高橋、土肥、桜井には見張りをしてもらう」

高橋、土肥、桜井の顔に、同時に落胆の色が浮かぶ。

「斬り込みの一番乗りは誰ですか」

信郎が凄みのきいた声音で問うた。

「うむ、まだ決めておらぬ。ここに、くじを用意している。くじを引いて決めようではないか」

短冊状に切られた四枚の紙が、斬り込み組の前に置かれた。

「まずは拙者《せっしゃ》から」

いち早く、手を伸ばしたのは、信郎であった。くるりと、紙をめくると、そこには「参《さん》」

(三)の文字が。めくった手は、小刻みに震え、くじを破かんばかりに押さえつけている。

「次は私が」

うつむき顔で、わなわな震えている信郎を尻目に、桂隼之助が、くじを引く。

「してやったり」

隼之助は、喜色満面で叫んだ。くじには「壱《いち》」（一）と記されていたからだ。その刹那《せつな》、信郎は隼之助を、ぐっと睨みつける。強烈な視線に気が付いたのか、隼之助は、

「信郎、なんじゃ」

と、同じ天保十二年（一八四一）生まれの気安さから、質《ただ》した。

「三番乗りなど、我慢がならぬ」

信郎は、拳《こぶし》を床に叩きつけ、唸るように声を絞り出す。

「往生際が悪いぞ、信郎。これも天命」

隼之助が鋭く言い返すが、

「天命、そのようなもの、覆してくれるわ。頼む、引き直させてくれ」

言い張って聞かない。二人に任せておくと禅問答《ぜんもんどう》となり、話はいつまでもまとまらない。特に、信郎は一度言い出したら、折れることはない。やれやれという顔で、只三郎が隼之助のほうを向き、問いかける。

「かの明智光秀《あけちみつひで》も、本能寺の変の直前、愛宕山《あたごやま》で三度も、くじを引いたという。全て凶だっ

たからだ。まことの天命ならば、二度目もその者に壱がくるはず。どうだ桂君、もう一度くじを引いてみては」

隼之助は、束の間、思案顔でいたが、

「承知」

と、言葉少なに呟いた。

「よし、引き直しじゃ。今井君、くじを引き給え。どう転ぼうと、これで仕舞いじゃぞ」

只三郎は手を二度叩き、場を取り仕切る。混ぜ返されたくじに迷いなく、手を伸ばす信郎。左端のくじをめくると、そこには、「壱」の文字。

が、信郎は笑みも見せず、当然といった顔で、落ち着き払っている。ところが次の瞬間、手に持っていたくじを、くしゃくしゃに丸め出したかと思うと、ついには、自らの口に放り込み、呑み込んでしまった。一番乗りは、もう誰にも譲らぬ、邪魔させぬ、殺気さえ感じさせる所業に、満座の者は息をのむ。

(この男、なぜこれ程までに一番乗りにこだわるのか)

信郎の気迫に、誰しもが脳裡に浮かんだ言葉だ。当の信郎は、周りの者の心などお構いなしといった風で、姿勢を正し、静かに目を閉じている。

呆然としていた隼之助だが、はっと我に返ると、右端のくじを手に取り裏返した。「参」の文字が目に入ると「ちっ」と舌打ちし、信郎を見つめる。それから、渡辺吉太郎は「弐《に》」(二)を、只三郎は「肆《し》」(四)のくじを引いた。一呼吸おいて、只三郎は噛みしめるように、

「斬り込みの順は決まった。皆々、よろしく頼む。坂本は、寺田屋の時のように、また短筒を放つかもしれんし、同志とともにいるかもしれん。短筒を放たれれば面倒じゃ。やっかい事になる前に、素早く坂本を仕留め、その場から立ち去らねばならん。同志打ちの愚を避けるために、合言葉は、『天』と『河』とする。よいな!」

と話し、気合を入れる。

赤穂義士《あこうぎし》の討ち入りを題材にした歌舞伎の演目『仮名手本忠臣蔵《かなでほんちゅうしんぐら》』(一七四八年、初演)で大《おお》星由良助《ぼしゆらのすけ》は、天河屋義平《あまかわやぎへい》の信義に感じ入り、「天」と「河」を討ち入りの合言葉としたが、それに倣《なら》ったのだ。

只三郎の台詞を聞いた隊員は「おっ!」と雄叫びをあげて、「悪人」を成敗するための討ち入りに、胸を高鳴らせた。

喚声が鎮まると、信郎は独り室を出て、寺の縁側を下り、地上に降り立った。信郎の身長は五尺八寸(約一七五cm)だったというから、当時としては堂々たるものだ。鞘を払った信郎

は、片手で刀を持つと、鉛色の空に向けて刀を振り上げ、びゅっ、びゅっと、勢いよく上下させた。

（片手打ち）

大刀を振り下ろす速さは増していった。この片手打ちで、人を殺めたこともある。

＊

文久二年（一八六二）、幕府が設けた幕臣の軍事修練所である講武所《こうぶしょ》で、剣術方心得として務めていた時のこと。

信郎の頭に、もう名は忘れたが、ある水戸藩士の顔が浮かんだ。背は高く、でっぷりと肥えた巨体だが、色白で目は小さい男であった。他流試合の最終戦――某は、竹刀を大きく振りかぶり、どっどっと、信郎めがけて突き進み、頭上に竹刀を振り下ろそうとした。が、見切った信郎は素早くかわし、勢いよく、高く飛びあがったかと思うと、片手で竹刀を某の面に凄まじい勢いで打ちつけた。鈍い音が響き、某は、ドサリと仰向けに崩れ落ちる。面の上からであったにも関わらず、某は頭骨《とうこつ》を叩き割られ、しばらくして死んだ。

講武所の立ち合いは、烈しいことで名高かった。安政三年(一八五六)に行われた心形刀《しんぎょうとう》流《りゅう》の三橋虎蔵《みつはしとらぞう》(講武所教授)と、一刀流の使い手、旗本の池田新之助《しんのすけ》の試合では、喉に突きを受けた池田はその場に倒れ込み、帰途の駕籠《かご》のなかで絶命したという。迫力ある生々しい試合を見ようと、講武所の稽古には観衆が押しかけるほどであった。

水戸藩士との試合があった日の夕、信郎は、師である榊原鍵吉《さかきばらけんきち》(講武所剣術師範役)に呼ばれた。道場の真ん中に対座する師弟。当初、信郎は、師の顔を見るのではなく、両腕を見ていた。稽古で長さ六尺、重さ三貫の振り棒を二千回も振ったと伝わる榊原の腕周りは、筋肉の塊でもって、ふくれていた。(やはり、いつ見ても素晴らしい)——見惚れている信郎に「今井君」と声をかけた榊原。師の顔を見た信郎に、榊原は太い眉毛を吊り上げつつ、

「今井君が講武所に参って、はや四年。よくぞ成長した、この度の試合も見事じゃと言いたいところだが、それはできぬ。そなた、明らかに相手を殺めようと思い、烈しい片手打ちをくらわせたな。剣は人を無暗に殺めるためにあるのではない。あの片手打ちは、恐ろしい実戦技じゃ。今後、試合で使うことはならぬ、よいな」

大音声で念押しした。しかし、信郎は怯むことなく、

「武人たる者、常在戦場《じょうざいせんじょう》の心がけこそ、第一ではないでしょうか。生きるか、死ぬるか、試

合であっても、その覚悟なくして剣を振るうのは無益では」

と抗弁したので、

「そなた、何のために剣術を鍛える。ただ人を殺めたいがためか。たとえ剣技が優れていようと、使う者の性根が腐っていれば、それは単なる殺人剣となる。わしは、そなたに剣術は教えたが、大切なことを教え損なったようじゃ。剣とは何か、剣術は何のためにあるのか、そなたも良い歳じゃ、もう一度よく考えてみるがよい」

大きくため息をついた榊原は、ゆっくり立つと、そのまま去っていった。

(何のために、剣技を磨くのか)

信郎は、物心ついた時から「剣」を握っていた。

天保《てんぽう》十二年に、江戸本郷《ほんごう》の湯島天神《ゆしまてんじん》下に住む下級武士・今井安五郎《やすごろう》と、きねの間に生まれた信郎は、幼名を信之丞《しんのじょう》と名付けられた。天保時代は、天保の大飢饉(一八三三〜一八三七)、大塩平八郎《おおしおへいはちろう》の乱(一八三七)、外では清国と英国の間に阿片《あへん》戦争(一八四〇)が起きるなど、それは幕末動乱の予兆のようでもあった。

信郎の父・安五郎は、練馬の豪農《ごうのう》から、幕臣の今井家に入婿《いりむこ》したことで、名を守胤《もりたね》と改めていた。身分は、御家人の中でも、下級の中間《ちゅうげん》であった。きねの父親・武左衛門《ぶざえもん》も入婿であり、実母は武左衛門と仲が悪く、家を出ていた。父の後妻の八重にも、きねは、なじめなかった。守胤と結ばれ、信之丞が生まれたことで、初めて平穏な家庭を手に入れたと言えよう。

信之丞は祖父から、物心がつく頃から読み書きを教わったが、部屋でじっとしているだけの少年ではなかった。

「いくさにん(戦人)、いくさにんが来た」

いくつもの棒や木剣を肩より背に差し込み下町を駆け回る信之丞は、「戦人」と呼ばれて近隣の子供らから恐れられた。年下の者や弱い者を虐《いじ》めていると、信之丞がやって来て「成敗する」と舌足らずに言うと、木剣で散々殴りつけることが多々あったからだ。

「思い知ったか」

ワンワン泣いている餓鬼大将に言い放つと、風のように去っていく。一人や二人では勝てないと知り、負かされた者が連れを率いて信之丞に襲いかかってくることもあった。怯むことなく猛進したが、手足を掴まれ、雁字搦《がんじがら》めにされて、思いきり殴られ蹴られした時も、信之丞は涙一つ零《こぼ》さない。

何度も傷だらけになって帰ってくる我が子を見た、きねは大層驚いて、

「もう、ケンカはお止め」

と、目を潤ませてはいたが、一年も経つと言わなくなった。

「信之丞は、幼きときは玉のように愛《う》い子で、近隣の女子どもが先を争って子守りをさせてくれと言うて来たもの。このような暴れ者になるとは思いませんでした」

父に小言を述べることはあったが。父は何も言わなかった。長じて幕臣となる者、このくらいの逞《たくま》しさがなくてはならぬとの想いがあったからであろうか。

喧嘩に負けた時、信之丞の悔しさは沸点を超える。夜具に入った後、指で髪の毛を引き抜く信之丞の姿を、弟の省三《しょうぞう》は目撃している。己の不甲斐なさ、敗れた悔しさを忘れないため、自らの身を痛めつけていたのであろう。

十歳で元服を終えた信之丞は、今井信郎・源為忠《みなもとのためただ》を名乗る。番入りが決まると、頭役人《かしらやくにん》の家に出向いて誓詞《せいし》を出すのが、慣例《かんれい》となっていた。番入りとは、非役《ひやく》の者が選抜されて、何らかの役職に任じられることである。この時の役職は不明であるが、幼いながらも、信郎は幕臣の端くれとなったのだ。

番入りした同じ年頃の少年らは、大人に書いてもらった誓詞を持参したが、信郎だけは、

「自らの誓いの詞は、自らが認《したた》めます」

と言い張り、父の、

「無茶な。たどたどしい字の誓詞を出せば皆に笑われるぞ。それのみではない。お前の出世に関わるかもしれん」

との忠告も聞かず、誓詞を書き上げる。

「拙《つたな》い字で誠に恐縮でございます。どうしても誓詞を自分で書くといって聞かず、こうして持参致しました。汗顔《かんがん》の至り」

額を畳に擦り付けて、頭役人に頭を下げる父・守胤。頭役人は、最初こそ、目をまん丸くしていたが、次第に破顔し、守胤と信郎の顔を交互に見ながら、

「武士たる者、それくらいの気概がなくてはならぬ。今井家の訓育《くんいく》、誠に立派じゃ」

「精一杯、励みまする。どうか、ご指導のほどよろしくお願い申し上げます」

信郎は、ハキハキと力強く、抱負を述べる。嫌味の一つあるかと感じていた守胤は、思わぬ言葉に、ホッと胸をなでおろし、より深く頭を下げた。

元服とともに、信郎は、湯島の聖堂に通い始める。湯島聖堂は、元禄三年(一六九〇)、五代将軍・徳川綱吉《つなよし》によって創建された幕府の学問所である。主に漢学を習得するのだが、ここでも、信郎の気概は、いかんなく発揮される。昼夜を問わず、勉学に励んだのだ。励み過

ぎて眩暈《めまい》を起こし、学問所で顚倒《てんとう》、学友に介抱され帰宅したこともあると、後年、弟の省三は回想している。

学問所では、主君への忠義や、秩序の維持こそ正義といった価値観を叩きこまれる。徳川家康が幕府を開いて以来、長きにわたって、民の平穏な暮らしを維持する責任は徳川将軍にあるし、穏やかな世を築いてきた実績が幕府にはある。将軍の世を存続させることは、民の幸せに繋がる。信郎は、教授の講義を聞きながら、改めてそんな想いを深くした。

十六歳で御用方書物調役《ごようかたしょもつしらべやく》となった信郎だが、すでに、その前後には、志ある者なら、書物の世界にのみ生きることは許されぬような世相となっていた。信郎、十二歳の時、米使ペリー艦隊が浦賀に来航。翌年には、日米和親条約が調印。十八の時に、安政の大獄《たいごく》。翌年には、大獄を主導した大老・井伊直弼《いいなおすけ》が浪士に殺害されるなど大事件が相次いで起こる。読書・詩作、果ては作画にも精を出して、「寒山拾得《かんざんじっとく》」などを描いていた信郎だが、幕府の権威衰退を目の当たりにして、

（文事《ぶんじ》に現《うつつ》を抜かしている時ではない）

と、武道に邁進《まいしん》することになる。普通、この頃の武家の子弟は、一つの道場に通い、形ばかりの稽古をし、あとは遊び暮らしていたが、信郎は違った。毎日のように、数か所の道場

に出入りし、
「ご指導を！　ご指導を！」
と、稽古中も師を離さなかったので、師のほうが、
「少し休息せよ」
と、汗をたらたら流し、辟易《へきえき》するほどだった。剣術を直心陰流《じきしんかげりゅう》の藤川整斎《せいさい》、榊原鍵吉につ
いて学んだ。柔術は旗本・窪田鎮章《くぼたしげあき》のもとで学ぶが、決して、
「参った」
とは言わなかったので、ギュウギュウに締め付けられて落とされることが、日に何度も
あった。咽喉《いんこう》がはれ上がり、食物が通らない事態となるが、粥《かゆ》をすすり、休まず稽古に通う。
そして連日の稽古で疲労がたまっている時でも、夜は読書に耽《ふけ》った。「睡眠時間は三時間に
して多くも四時間」と弟は兄の行状を振り返っている。剣道・体術《たいじゅつ》だけでなく、乗馬・水泳
にも懸命に励んだ。榊原鍵吉の下谷車坂《したやくるまざか》道場に通った信郎は、二十の歳に、直心陰流免許
を受け、講武所剣術方心得を務めるまでになる。講武所では、剣術や槍術の伝統武術だけで
なく、洋式砲術、軍学も講じられた。
講武所時代に編み出したのが、片手打ち。二尺以下の小太刀は片手で打てるが、それ以上

の刀は両手打ちが基本だ。信郎は三尺を越える真剣でも、片手で打てるまでになった。これまでの凄まじい鍛錬を考えると、会得までに長い時はかからなかったのではないか。

元治元年(一八六四)前後、信郎は横浜講武所に派遣される。開港場《かいこうじょう》とされた横浜には外人居留地があり、それだけに攘夷浪士が外人を襲撃し、外交問題に発展する危険が多分にあった。外人を護衛する歩兵の剣術指導に当たるのが、信郎の任務の一つであったと思われる。役職は、神奈川奉行支配定役《しはいさだめやく》、のちに支配定役元締と堅苦しいものであったが。

海岸近くに一軒家を借りた信郎は、かねてより交流があった山田八郎と岩崎という浪人を共に住まわせ、今井姓を与えたという。飯炊き男も雇った。一ヶ月の手当をすぐさま、皆で飲食代に費やし、銭湯に行く金もなくなり、海水浴で過ごしたこともあった。

信郎の家は、周りの住人から、

「化物屋敷」

「幽霊が出るというぞ」

「いや、鬼火が飛んでいた」

などと、ヒソヒソと噂されるようになる。信郎は密貿易の取り締まりも任務としていた。密貿易をなした者を、奉行所に引っ張っていくのではなく、家の座敷に連れてきて、切腹させた。居候二人が飯炊き男を殺した──殺伐とした伝説に、横浜時代の信郎の家は彩られている。

信郎は数人の内弟子を家に抱えていたが、鈴木進之丞《しんのじょう》もその一人であった。ある夜、鈴木が読書していると、仲間が泥酔して入ってきて「進之丞、進之丞」と絡《から》んできた。鈴木は書見台《けんだい》から顔を上げ、

「今、書物を読んでいる。話しかけないでもらいたい」

きつく言い放ったが、肩に寄りかかってきて、何やら、訳の分からないことを大声でがなりたてる。

「やかましい。出ていけ」

何度もそう言えど、相手はビクともしない。堪忍袋の緒が切れた鈴木は、

「黙らぬなら、斬ってしまうぞ」

半分は脅しのつもりで言ったのだが、それまで、にやけていた相手が急に真顔となり、肩ひじ張りつつ、

「斬れるならば、斬って見よ」

と喚《わめ》くので、後に退けない鈴木は、

「何を！　侮《あなど》るか」

と対抗し、仲間を玄関先に引きずり出して、一刀のもとに斬り捨てた。ちょうどその時、信郎が帰宅。そこには、血まみれの骸《むくろ》が転がっているではないか。

「鈴木！　何をしているか！　お前がやったのか」

烈《はげ》しく詰め寄ると、鈴木は「そうです」と頷く。拳を握りしめて、怒りをためていた信郎は、

「お前の首も斬ってやるから、そこへ座れ」

と吐き出すが、鈴木も大したもの、怯える風もなく、黙って座り、首を前に差し出すではないか。その様を見た信郎は、鈴木の胆力《たんりょく》に感じ入り、

「もう良い」

と、刀を鞘におさめた。それからである、信郎の家には人魂《ひとだま》が出るとか、奇怪な青白い火が浮遊しているといって噂となったのは。鈴木はその噂を聞きつけて「自分の部屋に人魂が出てくれれば、行灯《あんどん》を点ける手間が省けるものを。気の利かぬ幽霊かな」と話したというから、どこまでも、豪胆な男である。鈴木はのちに明治の世になって、大阪控訴院《こうそいん》に勤めたというが、定かではない。

信郎の上司は、柔術を教わった窪田鎮章《しげあき》（神奈川奉行）であった。信郎は、尊王攘夷を信奉《しんぽう》

する水戸藩士と付き合うこともあったが、英学を学んだ鎮章や、神奈川奉行所役人の古屋佐《さ》久左衛門《くざえもん》などとも交流を深め、洋学にも目を開かれる。佐久左衛門は、医師で蘭学者の緒方洪庵《こうあん》の適塾《てきじゅく》で学び、更に英語にも通じていた。鎮章の命で『英式歩兵操典《えいしきほへいそうてん》』を翻訳したこともある。佐久左衛門の弟は、後の函館戦争で敵味方関係なく、負傷者の看護をした医師・高松凌雲《りょううん》である。佐久左衛門は、身辺を飾らず、頭の手入れも余りせず、髪が蓬々《ぼうぼう》という性格であったので、信郎とは気が合ったのかもしれない。

上司に目をかけられた信郎は、もう一つの大きな出会いをする。窪田の世話で、甲州《こうしゅう》の分《ぶん》限者《げんしゃ》・天野伴蔵《ともぞう》の養女・いわと結婚することになったのだ。慶応《けいおう》元年(一八五六)のことである。天野は、幕府から品川台場の埋め立て工事を請け負い、巨利を得たという。日本人離れした高い身長、引き締まった身体、初めて信郎を見た、いわは、

(まるで、異人のようじゃ)

声には出さねど、見入ってしまい、驚きを隠せなかった。

(見られておる)

男　世帯《おとこじょたい》であった信郎からすれば、まじまじと女性から見つめられることなどなく、顔を朱《しゅ》に染めて俯《うつむ》くしかない。

新婚早々、江戸に呼び戻され、講武所剣術師範役となった信郎だが、すぐにまた、上州《じょうしゅう》岩鼻《いわはな》（現・高崎市岩鼻）の関東郡代所に剣術教授として招かれる。貧しい農民による一揆が多発して治安が悪かったので、農兵に訓練を施す優れた教官が必要であったのだ。岩鼻では、先に赴任していた剣術教授方並の鈴木蠖之進《かくのしん》と出会い、意気投合する。

「来い！」

二十七歳の蠖之進は、太い長竹刀《ながしない》の切っ先《きさき》を、信郎に向け、構えている。一方、二十五歳の信郎は、先太《さきぶと》の竹刀を上段に構えて、静かに息をしている。組打ちとなり、竹刀と竹刀をぶつけ、揉み合い、ねじ合いすること半刻ばかり、それでも両者の勝負はつかず、ついに精魂尽きて、物別れになること頻《しき》りであった。

その一方で信郎は、剣術三昧の日々を送っていたわけではなく、幕府役人としての使命感からか『美芹』と名付けられた献策書《けんさくしょ》を著している。慶応三年（一八六七）二月のことである。

「貧富の格差は広がる一方です。富国のためには、貧民の救済策が必要。農民を屯田兵《とんでんへい》に組み込み、殖産《しょくさん》を振興させ、植林を行い、水利設備を充実してこそ、安定に繋がります。また、悪人を取り締まる衛士が刑罰まで執り行うことは、古今に例がありません。刑罰の権限までもたせてしまったら、庶民は賄賂を払ってでも罪を逃れようとするでしょう。それは大いに問題です」

農民の幸福があってこそ、社会が安定する――『美芹』の執筆は、信郎が単なる剣客でなかったことを示す証左である。

慶応三年五月、信郎はまたしても江戸へ呼び戻され、京都見廻組への出仕を命じられる。「文武両道の心がけ宜《よろ》しく、業所抜群《わざどころばつぐん》の者」「見廻役、厚く見込みの趣《おもむき》にも候間《そうろうあいだ》」というのが、信郎が見廻組に選抜された理由である。旅費手当の遅延から、都に到着したのは、十月上旬であった。

そして、慶応三年十一月十五日――やす寺の庭先で、大刀を振るう信郎。何のために剣術を鍛えてきたのか、何のために剣技を磨いてきたのか。信郎の答えに迷いはない。

（世の安寧《あんねい》を乱す者を討つためじゃ）

胸のうちで呟いて、刀を横薙《よこな》ぎにした。

第二章

龍馬

「わしは、慶喜公が大権《たいけん》を朝廷に還さん時は、海援隊《かいえんたい》を率いて路に待ち受け、公を討つ手はずでした。けんど、公は大権を還された。げに、まっこと、慶喜公は、えらいお人です。わしは、公のために一命を捨てようと、その時、思いました。その想いは今でも変わっていません」

六尺(約一八〇cm)はあろうかと思われる、黒羽二重《くろはぶたえ》の羽織《はおり》を着た大男が、両の手を広げて立ち上がり、唾を飛ばしながら、方言を交えてまくし立てる。立ち上がった時、縮れあがった髪が少し揺れた。

「坂本の想いは、よう分かった」

紋付《もんつき》羽織を着た男は、深い皺が刻まれた顔を、何度も縦に振った。

「この龍馬、公の心中を想うと、涙が出てきます。よくも断じ給えるものかなと。公こそ、新政府の盟主となるべきお方です。ところで、永井様」

坂本龍馬は、ドカと再び板の間に座ると、声を低めた。

「何じゃ」

永井と呼ばれた男は、目を細めて、龍馬を見つめる。

「宮川助五郎《みやがわすけごろう》のことでございます」

(またか)と、永井は顔をしかめる。先日もその話となった。宮川は龍馬と同じ土佐出身だが、大政奉還後、三条大橋に立ててあった高札を何度も引き抜いて川に投げ捨て、ついに捕縛された男。永井は、顔をしかめたままだが、龍馬はそんなことにお構いなく喋り続け、

「宮川を助けてやってください。釈放してください」

と、先日と同じ口調で頭を下げた。

「宮川は、せっかく捕まえた下手人《げしゅにん》ぞ。容易《たやす》く放つわけにはいかん。が、周旋《しゅうせん》はしてみる」

永井玄蕃尚志《なおゆき》は、老中に次ぐ重職である若年寄《わかどしより》の威厳を保ちつつ、体を反らせた。

「かたじけのうございます、では、また来ます」

ひょいと立つと、言いたいことを言い、総髪《そうはつ》をなびかせて去っていった。永井は、龍馬の師と言うべき幕臣・勝海舟《かつかいしゅう》と関係が深く、土佐藩の参政・後藤象二郎《しょうじろう》とも懇意であった。

そのこともあって、龍馬は大政奉還の前から、永井のもとを訪れて談義を繰り返した。

「永井様、今こそ、幕府は政権を朝廷に返上すべきです」

永井も大政奉還には、賛成であった。幕府が消滅しても、打開策はあると考えていたからだ。慶喜を摂政か関白に就任させ、討幕派を牽制し、朝廷をも牛耳る。永井には、そのような展望があった。龍馬も慶喜を関白に就けることを考えていた。

(面白い男だ)——永井は、龍馬のことをそう思ってきた。ところが今では(油断ならぬ奴)と見ていた。土佐藩と討幕派の薩摩・長州を結び付けようとの気配を龍馬に感じていたからだ。

(坂本の手により、薩長と土佐が手を結べば、やっかいじゃ。そうなる前に速やかに手を打たねばなるまい)

永井は、かつて大和《やまと》郡山《こおりやま》藩が使用していた二条城近くの屋敷に住んでいた。すぐ側には、京都守護職邸や京都所司代、そして、やす寺があった。永井は、やす寺に下宿している見廻組与頭・佐々木只三郎を、その日の深更《しんこう》、密かに呼び寄せ、

「土佐浪人・坂本龍馬を討ち取ってほしい。彼奴《きやつ》は、慶喜公が政権返上の建白書をご採用なき時は、同志を集め、隙を見て不用意に乗じ、討ち奉る決議をなせし者だ」

との意思を伝え、龍馬の居場所まで教えた。佐々木は、

「承知いたしました」

とだけ述べて、顔色も変えず、早々に邸から立ち去っていった。すでに、佐々木は会津藩公用人《こうようにん》を務めていた実兄・手代木直右衛門《てしろきすぐえもん》から、

「坂本を斬れ。殿（松平容保）もその事を御認めになられた」

との命を受けていたが、その事は、おくびにも出さなかった。永井のもとを頻繁に訪れる龍馬の動向も、佐々木は掴んでいた。何しろ、永井邸の近くには、守護職邸や所司代、佐々木の下宿先があるのだから。

龍馬は慶応三年十一月十四日の朝にも永井邸を訪ねたが、永井は、

「よく考えてもみよ。そなたは、お尋ね者の身ぞ。白昼堂々の来訪は、そなたにとって危うい。わしまで、あらぬ疑いをかけられるわ。来るなら夜にせよ」

と、取次ぎの者に言わせ、突然、態度を豹変させた。確かに永井の言うことも一理ある。龍馬は捕吏《ほり》を殺害した下手人、その下手人が幕府の高官と会談している様は、戯画《ぎが》である。

夜、龍馬は再び永井邸を訪れ、宮川のことを話したが、永井は、

「うん、うん」

と重々しく頷くのみで、話に大きな進展もなく、龍馬は帰っていく。

「今、もんてきた」

一里《り》ばかり歩いて、近江屋の戸口を開けた龍馬。庇下《ひさし》には、薦《こも》をかぶった髪がボサボサの乞食が横臥《おうが》し、薄目を開けて龍馬を見ている。

「才谷様《さいたに》」

「坂本先生」

ドタドタと急ぎ足で、二人の男が奥の間から玄関にやって来た。「才谷様」と呼びかけたのは、醤油屋を営む近江屋主人・井口新助《いぐちしんすけ》。「坂本先生」と太い声を発したのは、山田藤吉《とうきち》。嘉永《かえい》元年(一八四八)生まれの元力士で、四股名《しこな》を雲井龍《くもいりゅう》といった。力士を廃業後は、先斗町《ぽんとちょう》の料理屋・魚卯《うおう》の出前持ちをしていた。海援隊の隊員・長岡謙吉《けんきち》の知遇を得て、謙吉の従者をしていたが、一ヶ月ほど前から、龍馬の用心棒兼世話役として働いている。

「これ藤吉、坂本先生と呼ぶでない。才谷先生と呼べと、あれほど念を入れたのに」

「いけねぇ」

藤吉は、ばつの悪そうな顔をして、頭をかきかき、もじもじしている。当時、龍馬は用心のため、才谷梅太郎《うめたろう》という変名を使っていた。

「えいえい、藤吉。気にするな」

高笑いした龍馬は、二人の間をすり抜けて階段を上り、一室に入った。藤吉が気を利かせて、布団を既にひいていたが、それには目をくれず、木机の前に座り込むと、筆に墨汁を含ませた。伏見の寺田屋女将《てらだやおかみ》に宛てて書簡を書くためだが、急にドッと疲れが押し寄せてきて布団の中にもぐりこんだ。

昼間、船宿《ふなやど》・寺田屋の女将お登勢《とせ》が、手代《てだい》の寅吉《とらきち》を近江屋に遣わしてきた。寺田屋は、薩摩《さつま》藩の定宿《じょうやど》ではあるが、兼ねてより、他藩の尊攘の浪士をも匿《かくま》い、龍馬も世話になってきた。

寅吉は、

「女将さんは、坂本様の身を、大層案じておりました。近江屋は危険だと、速やかに土佐藩邸に移ってほしいと」

手をつき腰をかがめて、訴えた。龍馬は、

「わしは昨日も、永井玄蕃様と会ったし、会津の松平容保公にも会った。容保公からは、安心せよと言われたき。なんちゃあない」

と豪快に笑い飛ばした。寅吉は、

「そうですか、それはそれは。このこと、女将にも伝えておきますが、しかし、くれぐれもご用心を」

と微笑を浮かべて、帰っていった。会津藩主・松平容保と会見したというのは、龍馬のハッタリだが、会津藩士・神保修理《じんぼしゅり》と長崎で会見したことはあった。修理は家老の子息である。

「会津にては思いがけぬ人物にてありたり」

龍馬は修理を高く評価していた。幕府の高官や、佐幕派《さばくは》である会津藩家老の息子との交流から、龍馬は（なんちゃあない）と、気を大きくしていた。また、もし刺客が迫ってきても、北辰一刀流免許皆伝《ほくしんいっとうりゅうめんきょかいでん》の腕前で（一刀のもとに斬り捨てる）心積りであったし、近江屋の目と鼻の先には、土佐藩邸があった。刺客が来襲して闘争していれば、すぐに土佐の者が助けにくるはずだ。

龍馬は筆まめな男だ。幕府の高官に会ったことも、サラリと書簡に書いてしまう。備後国《びんごのくに》の医家《いか》の出で、海軍の熟練者であった林謙三《けんぞう》に宛てた書状には、永井のことが出てくる。林は薩摩藩の海軍に招聘《しょうへい》されていて、十月に上京し、当時は大坂に滞在していた。書状の一節には「永井玄蕃方ニ参り色々談じ候所《そうろうところ》、天下の事ハ、危共《あやうしとも》、御気の毒とも言葉に尽し申されず候。大兄御事《たいけいおんこと》も今しバらく命を御大事ニ成られたく、実ハ為すべきの時ハ今ニて御座《ござ》候。

やがて方向を定め、修羅か極楽かに御供申し奉るべしと存じ候。謹言《きんげん》。十一月十一日　龍馬
追白《ついはく》、彼玄蕃ハヒタ同心ニて候。再拝再拝《さいはいさいはい》」との文字が記されている。「ヒタ同心」とは、ピッタリと心が通い合った仲間という意味である。龍馬は、無邪気に純粋に、永井のことを信用していたのだ。

その一方で、龍馬は「為すべき時」が近く来ることを予感している。為すべきこととは、男としての命がけの仕事、つまり倒幕戦争を意味するものだろう。人間が争い合う「修羅《しゅら》」の世が来るか、敗れて死んでしまい「極楽」浄土に行くか。龍馬は倒幕戦において、命を捨てる覚悟でいたのだ。林は、この頃の龍馬が「戦争の大小は確言《かくげん》し難《がた》きも必ず開戦となることは確言す」と言ったと証言している。龍馬は書状のなかでも「天下の事が危うい、お気の毒だ」つまり幕府の命脈が尽きかけていると書いている。慶喜のために一命を捨てるとまで言い放った龍馬だが、どこまで本気だったかは、頗《すこぶ》る怪しい。戦をして断固幕府を討つか、それとも慶喜を関白という「名誉職」に祭り上げて徳川の権力を自然消滅させるか。龍馬の心中には、この二つの考えがあった。徳川に代わる新たな政府を作ることが、日本国の為になると信じていた。だが、その考えは、徳川の世を存続させたい幕臣にとっては、許容できるものではない。

硯箱《すずりばこ》に置いた筆の墨は乾いていった。十一月十五日の朝がきた。深夜から降る雨は、止んでいなかった。昼になると晴れ間も見えたが、それからまた、雨は降ったり止んだりを繰り返していた。

「藤吉、藤吉」

龍馬は、店先で木を削っている藤吉に声をかけた。手を休めて、藤吉が振り返ると、

「河原町《かわらまち》通りの菊屋に行って、中岡を呼んできてくれんかの」

との言いつけであったので、承知の返事をして、藤吉はすぐさま駆け出していった。巨体であるが、身のこなしは軽やかだ。中岡とは、龍馬と同郷の士で、陸援隊《りくえんたい》隊長の中岡慎太郎のことである。庇下に出てみると、昨夜の薄汚れた乞食は、薦とともに、すでに消えていた。

雨は止んでいたので、龍馬は近江屋から三軒南にあった大和屋を訪ねた。大和屋は酒屋であるが、土佐藩参政・福岡孝弟《たかちか》が、愛人で芸妓《げいき》のおかよと同宿していた。

「福岡様は居ますか」

と、龍馬は、おかよに尋ねるも、

「居ません」

とのことだったので、再び龍馬は、近江屋に向けてトボトボ歩いて帰った。その頃、大和

屋では、おかよが、

「孝さま、孝さま」

押し入れに向かって、呼びかけていた。

「坂本様は帰られましたよ」と言うと、

「そうか」

か細い声を出して、襖《ふすま》から顔を覗かせた。

「どうしてお会いにならないのです。居留守を使うなんて」

おかよが不服気に聞いたので
「坂本はお尋ね者だぞ。もし会っている最中に刺客でも来たらどうする。また坂本が来たら、居ないと言ってくれ」

と震え声で、孝弟は呟《つぶや》いた。おかよは、

「分かりました」

言うが早いか、襖をピシャリと閉めた。孝弟は首を挟まれ呻いている。

近江屋に帰って、しばらくすると、中岡慎太郎が一人の少年を連れてきた。書肆《しょし》・菊屋の息子・峯吉《みねきち》である。峯吉は慎太郎の下僕《げぼく》でもあった。

「よう来た、よう来た」

龍馬は上機嫌で、中岡を二階の自室に招き入れた。

「庇下に薦を被った乞食がいたが、近江屋の商いの邪魔にならんのですか」

慎太郎が、目を大きく見開いて聞いたので、

「昨晩は居たが、昼にはいなかった。また来たんかの。よいよい、この寒さに雨じゃ。庇下にでもいなけりゃ、難儀じゃろ」

「坂本さんらしいな」

慎太郎は目を細めて、白い歯を出して笑う。目がすわっている時の慎太郎の顔は迫力があるが、笑顔を見せると、とても人懐っこい。二階から外を見てみたら、確かに昨晩の乞食が薦にくるまっていた。

ふと路上を見ると、見知った顔が近江屋の側を通り過ぎようとしている。

（宮地彦三郎《みやじひこざぶろう》じゃ）

海援隊隊員で土佐出身の宮地だと思ったので、龍馬は「宮地」と声を張り上げた。一瞬ピクリとした宮地だったが、大声の正体が龍馬だと分かると、笑顔で、

「坂本さん、ご無沙汰しております」

頭を下げた。

「料理をかまえよう。上がってや」

と龍馬が誘い、中岡も、

「上がってや」

と声をかけたが、

「帰途なれば、ひとまず、宿に帰り、旅装を解いて、改めてお伺いします」

と、丁寧にお辞儀して、宮地は歩を進めてしまった。

「腹が減ったな」

龍馬のお腹が鳴った。

「よし、福岡様を呼んでくる。軍鶏鍋《しゃもなべ》でも、つつこう」

龍馬は再び、大和屋の暖簾《のれん》をくぐった。が、またしても、おかよが出てきて、

「まだ帰っておりません」

と申し訳なさそうに応対した。

「そうか、福岡様の帰りは遅いの。おかよさん、今から軍鶏鍋をやるんだが、一緒に来ぬか」

龍馬が誘ったので気を引かれたが、孝弟の（坂本はお尋ね者）との言葉を思い出して、

「いえ、帰りを待ちます」

と断った。

「そうか」

龍馬は身を翻して、寂しげに店を後にした。近江屋の庇下に来ると、例の乞食がモゾモゾと薦のなかで体を動かしている。顔はやつれ、土気色《つちけいろ》だ。龍馬は乞食を横に見ながら、店に入り、再び二階座敷で中岡慎太郎と向かい合う。階下の店先では、藤吉が木を削り、峯吉は岡本健三郎という土佐藩士と雑談していた。

「藤吉、藤吉」

そう呼びながら、龍馬が二階から降りてきた。藤吉が取り込み中だったので、峯吉は気転を利かして、

「用事なら私が行きます」

と言ったので、

「気の毒じゃが、軍鶏肉を買うて来ておーせ」

龍馬は軽く片手を挙げて頼んだ。峯吉は健三郎と、

「四条通を東にいった鳥新《とりしん》に行く」

と話し店を出た。二階座敷に戻った龍馬に慎太郎は、

「宮川らの件はどうなっちょるとですか」

声を落として聞いた。龍馬も慎太郎に合わせるように、声を下げて、

「永井様に頼んじょる」

座布団に座りながら、答えた。

「うまくいきそうですか」

「おそらくは」

「宮川たちが出てきたら、土佐藩が引き取ることになるでしょう」

「そうやにゃあ」

慶応二年(一八六六)頃から、幕府が立てた制札が何者かに引き抜かれる事件が相次いだ。三条大橋の北に立てられた制札《せいさつ》などは、三度にわたり抜かれて、鴨川に投げ捨てられた。事態を重く見た幕府は、新選組に制札の警備を命じる。それにも関わらず、宮川ら土佐藩士八人は、制札を引き抜こうとした。現場に駆け付ける新選組の原田左之助《さのすけ》たち。逃げる土佐藩士、結局、五人は無事に逃げ切り、三人が捕まってしまった。龍馬は幕府の高官に、捕縛さ

れた土佐藩士の釈放を求めてきた。

(幕府としても土佐を敵に回したくはないはず。近く釈放されるだろう)

龍馬はそう見通していた。実際、宮川は十六日に釈放されている。同郷の気安さもあり、龍馬と慎太郎は、襖を締め切り、長火鉢《ながひばち》に張り付き、一刻ばかり話し込んだ。峯吉はまだ帰ってこない。

「才谷先生」

藤吉が襖を開けて、室に入ってきて、

「十津川の郷士を名乗る方々が、先生に会いたいと申しております。如何しましょう」

と言うので、

「十津川の郷士。誰かの。まぁ、良い。通してや」

龍馬は答えたので、藤吉は襖を閉めて、階下に戻った。龍馬の腹が激しく鳴った。その時である。

「ぎゃ」

という叫び声の後に、何かが思い切り叩きつけられたような、ドンという音がしたのは。

(客人が来るというのに。やかましいちゃ)

そう思った龍馬は、

「ほたえな」

この男にしては、珍しく怒気を含んだ声を室外まで響かせた。

第三章

死闘

今井信郎は、やす寺の庭先で、刀を縦横に振り続けていた。手に持つ刀は、大刀《だいとう》から小太刀《こだち》に変わっていた。手捌《てさば》きの余りの素早さに、刀姿《とうし》は常人には見えない。

「今井君、そこに居たのか」

佐々木只三郎が縁側から声をかけた。信郎が振り向くと、

「皆でまた協議じゃ。それにしても見事な太刀捌き」

と言うので、鞘に小太刀をおさめた。信郎が縁台の上に立った時、泥がついた汚れた手で薦を持った、頭髪が乱れた男が、ガサゴソとこちらに向かってきた。その姿を認めた只三郎が、

（来い）

とばかりに、顎《あご》をしゃくったので、男も共に室についてきた。

「増次郎じゃ。日夜、坂本の様子を探っておる諜吏よ」

只三郎は、乞食姿の男を一座の者に紹介した。

「坂本の様子は如何」

続け様に只三郎が問うと、

「昨晩、何処かに出かけていた坂本は近江屋に戻ってきました。店には、店主と相撲取りのような大きな男がいて、坂本と話をしていました。それがし、近江屋にとって返し、引き続き、坂本を見張る積りでございます」

ゆったりとした口調で話すので、只三郎は言い終わらぬうちに、

「うむ、ご苦労。よろしく頼む。我ら、これより協議をしてから、先斗町の瓢亭《ひょうてい》に参る。坂本の動きは瓢亭に知らせてくれ」

口早に命じた。腰をかがめ退出する増次郎に見向きもせずに、只三郎は組員の顔を見まわし、

「先ほど申したように、坂本は素早く仕留めねばならん。近江屋の側には、土佐藩邸がある。加勢が来れば、やっかいなことになる」

「土佐の加勢もですが、相撲取りのような大男がいるようですね」

渡辺吉太郎は、上目遣いで、

（どうしましょう）

と言わぬばかりに尋ねたので、

「斬るしかなかろう」

只三郎は語気鋭く返し、

「邪魔になる者は、全て斬れ」

と宣言した。一同の拳に力が入る。

「それから、坂本を襲うこと、我ら見廻組の所業と思われてはならぬ。懐中《かいちゅう》の物、全て流水に投じてから、近江屋に向かう。では、諸君、英気を養うため、まずは瓢亭に参ろうではないか」

瓢亭は先斗町通りに面している料亭である。店の裏には鴨川が流れており、瓢亭の真前《まんまえ》からは木屋町通りと結ぶ小路がある。木屋町《きやまち》通りを横切ると、高瀬川《たかせがわ》に架かる小橋が見え、橋を渡れば右側には土佐藩邸。藩邸を直進すると、近江屋があった。

雨が上がった小路《こうじ》を進み、松林が林立する瓢亭に着くと、庭園が見える落ち着いた雰囲気の座敷に通される。酒杯《しゅはい》を傾けていると、いつの間にか、星が瞬くようになった。そこに増次郎が、もっさりとした動きで、襖を開け、顔を覗かせた。

「近江屋には、坂本の他に、二人の武士がおりましたが、一人は小僧とともに出ていきました。途中、坂本は店を出ることもありましたが、すぐに戻ってきました。只今も、もう一人のお武家と話し込んでいるのではと思われます」

報告を全て聞き終わると、只三郎は、

「よし」

気合を入れ、

「各々《おのおの》、参ろうぞ」

と言うと、組員とともに風のように室から消えていった。夜道は、月光が輝き、明るい。高瀬川に架かる橋上に来ると、只三郎は初めに傘を、続けて懐中の物、全てを流水に投じた。その姿を見た一同も、只三郎に倣い、懐中の物を投げ捨てた。しばらく歩けば、近江屋の前にたどり着く。戌《いぬ》の刻《こく》(午後八時頃)——信郎ら七人は、近江屋の玄関口に立った。一度に七人が面会を求めたら怪しまれるので、只三郎が先に立ち、斬り込み組の信郎、渡辺吉太郎、桂隼之助が後ろに従った。見張り役の高橋、土肥、桜井は物陰に身を隠した。只三郎が表戸を叩いてしばらくすると、太った大きな男が戸を開けて、姿を現した。

「夜分に何の御用ですか」

「我ら十津川の郷士です。坂本先生に火急にお目にかかりたい」

名刺を差し出すと、

「はい」

太った男は、少し怪訝な顔はしたものの、名刺を受け取り、取次のために二階に行こうとした。

（坂本は間違いなくいる）

只三郎は、信郎らに無言で顔を向け、頷いた。大男は戻ってきて、

「先生が皆様をお通しせよと。ささ、どうぞ、こちらへ」

客人を導くために、再び階に足をかけた。龍馬の居場所は二階だと確信した只三郎は、まず信郎を導き入れた。その後に吉太郎、隼之助が続く。只三郎は、階段の下に留まり、全体の指揮をとる。信郎らは、音を消して、忍びつつ大男の後をつける。大男が最上段の手摺《てすり》に手を伸ばし、階段を上がりきった時、信郎は抜刀した。大男が後ろを振りむいたところを、袈裟懸《けさが》けに斬りつけた。大男の顔に一瞬、恐怖の表情が浮かんだのを見た。

「ぎゃ」

体から血を流しながら、身を崩している大男に吉太郎が追い打ちをかけるように、斬りつける。隼之助も、とどめを刺すと言わんばかりに刀を抜き、

「うぅ」

と苦しみから、倒れ、唸り声を出している大男の体に、刃を入れた。

「ほたえな」

二階の一室から大きな声が漏れてきた。

(坂本か)

と思った一同は、刀の血を拭い、いったん鞘におさめ、声のした室の前まで駆けた。その間、悲鳴や人が逃げ惑う音が耳に入ってきた。片膝ついた信郎らは、

「坂本先生、失礼します」

丁重に言ってから、襖を開けた。襖を開けると、八畳ほどの部屋で、火鉢を囲むようにして、二人の男が、かがみ込んで名刺を見ていた。暗い階段を上ってきたので、火鉢の横にある行灯の光が眩しい。信郎は、二人の側に、にじり寄って、

「坂本先生、お久しぶりです」

軽く頭を下げた。

「どなたでしたかね」

床の間側に座っていた、総髪の男が尋ねた。もう一人の男は、目を見開いて、俯いて名刺をのぞき込んでいる。

信郎は一歩、膝を進めた瞬間、小太刀を抜き放ち、総髪の男の額を左から横殴りに深く斬りつけた。血しぶきが、床の間に掛けていた寒椿《かんつばき》と白梅《しらうめ》の掛軸に飛んだ。坂本は振り返り、床の間の刀を取ろうとした。そこを信郎が、袈裟懸けに斬る。坂本は、実に気味の悪い嫌な悲鳴をあげた。

行灯は倒れ、室は暗くなっている。刀を手にし、振り向いた坂本に、信郎は三太刀目を浴びせた。素早い攻撃に白刃を出す余裕がない坂本は、鞘で攻撃を受け止める。鞘のこじりが、低くなっていた天井板を突き破った。信郎の剣は、凄まじい力で、坂本の刀身を削ぎ取ったため、刃は坂本の体に深くくいこんだ。坂本は仰向けに倒れる。

「この、クソ」

信郎は叫ぶと、坂本の体を、めったやたらに切り刻んだ。吉太郎も加勢し、坂本の体に何度も何度も刀を叩き込んだ。その度に、血が湧き出た。

気が付けば、もう一人の男も、すでに血まみれの状態で倒れていた。名刺に気をとられている所を、急襲され、切り刻まれたのだろう。室には荒い息と、呻き声が聞こえるだけである。

「もうよい、もうよい」

信郎は、自らに問いかけるように言うと、室から出た。皆もそれに倣う。階段近くには、大男が肩で息をして、血のなかで倒れている。階段を下りきると、ポタポタと赤いものが、降ってきた。大男の血が滴ってきたのだ。店の者の姿は見えない。怯えて、押し入れにでも隠れているのか。

「早すぎて、俺の出る間がなかった」

信郎らが階下に降りると、すぐ、只三郎は皆の下駄を揃えながら、笑みをもらした。信郎は、右手人差指に痛みを覚えた。見ると、指が裂け、赤い血が垂れている。坂本との乱闘で傷付いたのか、階段を駆け降りた時に、味方の刃に触れたのか。

（どちらだ）

もし、坂本との闘いで傷付いたのならば、自尊心の高い信郎にとっては、不名誉なことである。

（坂本に付けられた傷なのか）

そう思うと、言いようのない怒りがこみ上げてきて、信郎は拳を握りしめた。傷口から血が滴る。只三郎が、下駄を揃えてくれたのも、信郎の傷を見たからなのか、組員の労をねぎらおうとしたからだろう。組員の無事を確認し、戸外に出すと、只三郎は戸締りをして、最後に外に出た。一同は、何事もなかったように歩を進めた。しばらく歩くと、桜井大三郎が、抜身《ぬきみ》の刀を手に持っているのが見えたので、信郎が、

「どうした」

と問うと、

「店に鞘を忘れてしまった」

肩を落とすので、それを聞いた皆々は、肩を組み、大三郎を隠すように囲みつつ、悠然と歩く。

「その時、義経、少しも騒がず。打ちもの抜き持ち、うつつの人に向かうが如く、言葉を交わし、戦い給えば」

只三郎は俄《にわ》かに、謡曲『舟弁慶《ふなべんけい》』の一節を唄い始めた。『舟弁慶』は、平家討伐に功績があった源義経が、兄の源頼朝に疎《うと》まれ追われ、流浪する姿を描いたものだ。

無理に声を高くして歌いあげる只三郎を見て、信郎の口をついて出たのは「岳飛《がくひ》の詩」で

あった。岳飛は、中国南宋《なんそう》の武将。女真族《じょしんぞく》に対して、幾度も勝利を収めたが、恭順派の宰《さい》相《しょう》・秦檜《しんかい》によって謀殺された悲劇の人であり、救国の英雄として、今でも中国で語り継がれている。

「遥望《ようぼう》たる中原《ちゅうげん》、荒煙《こうえん》の外《そと》、許多《あまた》の城郭《じょうかく》」

信郎は、只三郎に呼応するように、声を張り上げた。河原町の四条に出て、四条を千本通りに歩くまでには、土佐藩の巡邏隊《じゅんらたい》らしき一隊が現れた。一同に緊張感が走る。信郎は、鯉《こい》口《ぐち》を切るが、突如、

「ええじゃないか、ええじゃないか」

を連呼し、乱舞する集団が目の前に押し寄せてきた。巡邏隊は瞬く間に見えなくなった。もみくちゃにされながら、左方を見ると、只三郎や吉太郎は、

「よいやないか、よいやないか」

と両手を挙げて、踊り狂っている。只三郎は、信郎を振り返り、顎をしゃくった。

（お前もやれ）

ということだろう。信郎は「ええじゃないか」と声にこそ出さなかったが、群衆の真似をして、体をくねらせ、手を振り上げて踊った。群衆の波から抜け出た七人は、別々の道を

通って、やす寺に帰着する。

「よくぞ、よくぞ、やってくれた」

只三郎は、全員の無事な帰りを認めてから、破顔した。

「あれだけ斬りつけたのだ。坂本も、もう一人の男も死んだはずだ」

吉太郎が息を弾ませ、独りごちている。早速、酒が用意され、祝杯が交わされた。信郎の人差指の傷は、酒が体に染みこんできたせいか、痛みが増してきた。指を曲げようとしても、思うようにいかず、信郎は顔をしかめる。杯を何度も傾けてからは、何を話したのか、いつ寝たのか、何も覚えていない。闇夜は明け、翌日は蒼天《そうてん》となった。

第四章

余震

戌の刻頃、近江屋の表戸《おもてど》を、何者かがトントンと叩く音がした。近江屋の主人・新助は、階下の奥の間で火鉢に当たっていた。傍らには蒲団がひかれ、妻が幼い息子と娘に添い寝している。

（誰だろう）

とは思ったが、夜分の応接は藤吉に任せてある。新助はそのまま火鉢に体を寄せ、大福《だいふく》帳《ちょう》をめくっていたが、突然、二階から箪笥《たんす》が壊され、叩きつけられるような音が響いてきた。

（もしや、坂本様の身に）

すぐに悟ったので、大福帳を放り投げた新助は、震えて怯えている妻に、

「決して、ここから出るでない」

言い残すと、表口に向かうが、刺客の同類であろうか、門口《かどぐち》で見張りをしていたので、引

き返した。裏手から外に出て、裏寺町《うらでらまち》を通り、蛸薬師の小路より土佐藩邸に駆け込み、急を告げる。

「何と」

報せを聞いて、顔面蒼白になりながら、近江屋に走ったのは、下横目《したよこめ》の嶋田庄作《しょうさく》であった。新助は先に帰ったので、嶋田が一人、近江屋の玄関に立つと、何事もなかったかのように、シンとしている。床を見ると、血の足跡が点々としていた。嶋田は、刀を抜いた。後ろを振り返ると、戸口の隙間から、半分、顔を覗かせている者がいる。

「何奴」

嶋田が問うても、名乗らず、姿を現さないので、ガラリと戸口を開けると、十四・五歳と思われる少年が、軍鶏をぶら下げて立っていた。少年は慌てて飛びのいた。

「この家の者か」

嶋田は少し表情を和らげ問う。すると少年は、チラリチラリと嶋田の顔と刀を交互に見ながら、

「いえ、私は峯吉という者です。この家の者ではありませんが、用を言いつけられてやってきました」

震え声で言う。

「わしは、土佐藩の嶋田である。賊が入ったようじゃな」

嶋田が言葉を返した時、峯吉は軍鶏を持つ手を放し、店の中に駆け入った。台所から裏口に出ると物置があったが、物置から人の気配がする。戸を開けると、新助夫妻が子供を守るようにして、ガタガタと震えていた。

「峯吉か」

新助が安堵したような声を出し、

「悪者が入って、二階は大騒ぎだ。用心のために、ここに隠れている」

と言葉を続けた。峯吉は、

「ご無事で何よりです」

労わりの言葉をかけると、その場を去り、すぐさま二階へ向かうべく、階段に足をかけた。べったり付いた血に滑りそうになりながら、ゆっくり階段を上がりきると、階段口の六畳に大男が、仰向けに倒れて苦し気に息をしている。藤吉だ。

「藤吉さん」

峯吉は目に涙を浮かべて駆け寄った。藤吉さん、藤吉さん、何度も名前を呼ぶが、血まみれの破れた衣服に身をくるまれ、はぁ、はぁと息をするのみで、返事はない。

（中岡様は、坂本様は）

峯吉が顔を上げ、襖が開け放たれている、次の六畳間を見ると、
行灯が倒れ、明滅しており、仄暗《ほのぐら》い。仄暗い室の中に、龍馬は俯けに倒れていた。どす黒く見えるのは、血であろう。峯吉は腰を抜かし、へなへなと崩れ落ちた。力が入らない状態が続いたが、

（中岡様は、どこに）

と思い、踏ん張って、立ちあがった。耳を澄ますと、上のほうから、呻き声が聞こえてきた。物干し場に行き、外を眺めると、隣家の屋根の上に、慎太郎が倒れているのを見た。助けを求めるために隣家に行こうとしたが、動けなくなってしまったのだろう。

（早く何とかしなければ）

焦った峯吉は、

「賊は居ません」

階下に呼ばわった。すぐに嶋田の姿が見えた。続いて、物置に隠れていた新助と妻が小児を腕に抱いて上がってきた。新助の親族と思われる男女二人も付いてきた。まず一同は、力

を合せて、道具商・筒井屋の屋根で苦悶している慎太郎を、八畳間に抱え込んだ。嶋田は龍馬の側に駆け寄った。龍馬は刀を抜いたまま、血の海のなかで倒れていた。

「坂本、坂本」

嶋田が龍馬の耳元で叫ぶと、

「うっうっ」

蚊のなくような声は聞こえた。龍馬はまだ生きている。

(この惨状はどうしたことだ)

歯噛みした嶋田は、側にいた近江屋主人の新助に、

「これは一体、どうしたことか」

詰問するが、新助は、ただただ恐縮して、頭を横に振るのみで、一言もない。そうこうするうちに、土佐藩士谷干城や海援隊・陸援隊の者が近江屋に駆け入ってきた。同志の者に囲まれて、龍馬は声ならぬ声を出したが、間もなく息を引き取った。土佐藩邸からは、医師・川村盈進《えいしん》もやって来て、藤吉と慎太郎に手当をした。藤吉は、七太刀くらわされていて、虫の息、手当の甲斐なく程なくして死んだ。

龍馬には、三十四ヶ所、慎太郎には二十八ヶ所の刀傷《かたなきず》があった。

慎太郎の両手の拳は、滅茶滅茶に斬られていた。右手は皮をとどめて、今にも落ちそうだ。頭より背中にかけては、袈裟懸けの傷があり、これが致命傷となった。慎太郎は重傷だったが、意識はあり、襲われた時の様子を同志に語った。

「九時頃だったか三人打ち連れて来訪するものがあった。直柔《なおなり》（龍馬）の下僕（藤吉）が出ると十津川の者と称する偽りの名刺を差し出したので受け取り、二階に上がるのを後より三人続き上がるや否や、藤吉をやにわに斬り倒し、他の一人が進んでわれをめがけて斬りかかるゆえ、とっさに短刀で受け止めたが太刀打ちあやまつて頭へ斬りつけられる。

これにひるまず賊の足元へ飛び入って、足へ掻きつけようと思ったが、刀とともに抱き入れてしまった。争う間に左の腕を斬られたが、短刀で刺さんとしたとき、龍馬と戦っていたもう一人の賊も馳せ来たり、わが肩より肋《あばら》へ斬り込まれたため、そのまま倒れ伏して働けなくなってしまった。また始めより、私と同時にもう一人の賊が龍馬を狙って打ちかかってきた。龍馬は床の刀を取らんとするが、賊は駆け入って肩より背にかけて、打ちつけ斬られたため、龍馬は刀を押し取り、鞘のまま右や左と受け流して切っ先を避けつつ、鞘から抜き放さんと争った。

その最中、下僕を撃倒した賊の一人が隣の部屋から馳せ来るや否や、隙をうかがって腰を狙って横にないだ。それでも龍馬は少しも屈することなく鞘のまま反撃した。その時一人は、龍馬を置き捨てて私に向かってきたが、既に肩より肋に斬りつけられて倒れ伏し動かないため、死亡したと思ったものか、私は打ち捨て、再び龍馬に打ちかかっていく。倒れ伏したまま、心は矢猛《やたけ》にはやっても手足とも動かず、声も出ず歯噛みをして伏せていた。龍馬は重傷を負いながら、三人の賊を相手に争ううち、また頭を横に半月状に斬り込まれ、たちまちそこに倒れ伏す。

この時、賊はもう良いと言ってそのまま引こうとしたが、中の一人が、とどめはどうすると言ったため、他の一人が立ち戻り、倒れている龍馬の横から両足を刀に力を込めて斬り下ろし、さあ、良かろうと言い残して三人は立ち去った。この時、私は元気をやや回復してきたので、何とかこの変事を藩邸に知らせねばと思い、ようように匍匐《ほふく》して、二階の窓より瓦屋根に出たが、身体は悪寒戦慄《おかんせんりつ》して進めず、声も出ず、倒れ伏した」

更に慎太郎は、

「刺客の言いし言葉に、コナクソといいしかば、コナクソという言葉は、四国者がよく言う言葉である。さすれば刺客は四国の者に違いない」とも語っている。

痛みに顔をしかめながら語る慎太郎を見て、陸援隊の幹部であった田中光顕《みつあき》は、

「長州の井上聞多《もんた》を見よ、あれほどの大傷でさえ、生きた。貴様は決して案ずることはない」

声を大にして励ますと、慎太郎は微笑を浮かべた。元治元年(一八六四)、井上は暴漢に襲われ、瀕死の重傷を負い、兄に介錯《かいしゃく》を願うほどであったが、医師・所郁太郎《いくたろう》の手術によって一命をとりとめていた。

「それより、速く事を挙げよ。速くやらねば、君らもやられるぞ。刀を手元に置かなかったのが、不覚であった。君らもこれからは刀を肌身から離すな」

慎太郎は真剣な顔になり、同志に伝えた。

「一体、誰がこんなことを」

田中は誰に言うともなく、畳に拳を打ち付けて自問するが、

「敵を知らず」

と、慎太郎は言うのみであった。その後、焼き飯を食べたいと慎太郎は願い、食べさせたが、次第に意識が混濁《こんだく》して、十七日の九ツ時に死去した。

近江屋から、龍馬、慎太郎、藤吉、三つの棺が出ていった。夕暮れ時、西の空には星が瞬き、白張《しらは》り提灯《ちょうちん》が風に揺れている。海援隊、陸援隊の士は、懐に短銃を隠し、袴下《こした》には短刀

を忍ばせて、棺を霊山に運び、神葬《しんそう》した。

龍馬と慎太郎を殺めたのは何者か。同志による犯人捜しが始まった。疑われたのは、新選組であった。伊東甲子太郎《かしたろう》という元新選組の男が、事件後、近江屋にやって来て、現場に蝋《ろう》色《いろ》の鞘が落ちているのを見て、

「これは新選組が持っているものだ」

と、色白の顔を朱に染めて断言したからだ。伊東は、佐幕派の新選組を勤皇化するために隊士となっていたが果たせず、近頃、組を割って出ていた。彼は、事件の一ヶ月ほど前、近江屋を訪れて、龍馬と慎太郎に次のように忠告したという。

「新選組では、お前を殺すということになっている。お前たちは、天下の名士であって、国のために尽すということは承知しておる。承知しておるので、助けたい。どうか、私の言を用いて、なるべく危険を避けてもらいたい」

懇々《こんこん》と諭《さと》したので、慎太郎は、

「貴公の親切の注意、かたじけない」

頭を下げたが、龍馬は黙して、挨拶もしなかったそうな。

「隊長殺しは、新選組に違いない」

伊東から一連の話を聞いた田中光顕は、歯噛みして悔しがった。では、新選組の誰が殺ったのか。死の直前、慎太郎は、襲撃者は四国者であると言っていた。

「新選組で四国者と言えば、伊予《いよ》松山出身の原田左之助」

伊東がサラリと言ってのけたので、土佐藩の連中は、龍馬殺しは新選組と信じきってしまった。隊長を殺された海援隊・陸援隊士の恨みは、溜まりに溜まっていた。

紀州《きしゅう》出身の海援隊士・陸奥陽之助《むつようのすけ》は、同郷の材木屋の息子から、

「守護職を通じて、新選組を動かした張本人、それは紀州藩用人《ようにん》・三浦休太郎《きゅうたろう》でございます」

と告げられたことによって、燃えあがる復讐心を倍加させた。

「紀州藩の連中に違いない」

そう思い込んだのだ。慶応三年、海援隊の蒸気船・いろは丸は、讃岐箱崎の沖合で、紀州藩の明光丸《めいこうまる》と衝突、いろは丸は沈没した。沈没事件の結果、紀州藩は多額の賠償金を龍馬に支払わされた。

「隊長に恨みを持つのは当然じゃ」

後年、伊藤博文内閣の外務大臣として辣腕《らつわん》をふるい「カミソリ陸奥」と呼ばれた男だが、

この頃は、血気盛んな若者に過ぎなかった。

陸奥は、三浦を討つことを、海援隊・陸援隊の士に持ちかけ、行動に移したのだ。三浦の警固には、新選組の斎藤一《はじめ》、大石鍬次郎《くわじろう》ら七名が従っていた。三浦の身を案じた紀州藩が、会津藩を通して、新選組に警固を頼んだのだ。

慶応三年十二月七日、京都油小路《あぶらのこうじ》の旅籠《はたご》・天満屋《てんまや》。天満屋二階では、三浦や新選組隊士が酒宴を張っていた。路の両側に雪が積み上げられているなかを、隊士十六名は小走りに走り、格子戸を開け、宿に雪崩込んだ。襲撃隊に加わっていた十津川郷士の中井庄五郎《しょうごろう》は、

「そこもとが、三浦氏か」

新選組の隊士が居並ぶ中を、ズンズン進んでいき、黒縮緬《くろちりめん》の羽織の武士を睨みつけた。

「おうっ」

武士が立ち上がろうとしたところを、中井は、

「参る」

卓袱台《ちゃぶだい》の上に右膝をつき、斬りつけた。武士は、眼の下の肉を裂かれ、血が横に走った。

その刹那、武士の横にいた男が、中井の左頸から胸を切り裂いた。中井は、後ろに倒れた。

中井を斬ったのは、新選組三番隊長・斎藤一だという。

乱闘は続いた。斎藤も、中井を倒した直後、右籠手に打撃を受け、刀を落とした。鎖の着込みがあったので、腕を断たれることはなかったが。頃合いを見て、陸奥は、

「退け」

と号令した。新選組や紀州藩の加勢を恐れたのだ。隊士は、雪が積もる路上に飛び出し、バラバラに落ちていった。いわゆる天満屋事件の死者は、襲撃側は一人、新選組は二名であった。

第五章

戊辰

「坂本龍馬が近江屋で斬られたんやて」

「ほんまか」

「誰が斬ったんか」

「壬生浪《みぶろう》らしいで」

「新選組か」

信郎は、右手を懐に入れ、今出川千本の仮寓に向けて歩んでいる最中、京雀《きょうすずめ》たちの噂話を、道端で店先で、何度も聞いた。

（坂本を斬ったのは、この俺だ）

信郎は、噂話を耳にするたび、叫び出したい衝動に駆られたが、むっつりと口を結んだまま、人ごみを突き進んだ。坂本殺しの濡れ衣が新選組に被せられたことは、見廻組にとっては朗報ではある。諸国より浪士が京に入り込んで、ただでさえ殺気立っている時だ。もし坂本殺しが、見廻組の仕業と知れれば、土佐藩士や尊皇派浪士から睨まれて、襲撃を受ける可能性が高い。見廻組の猛者であっても、普段、外出するごとに、刀の鯉口を緩め、前後左右に気を使い歩いていたほどだ。

信郎は、この時も、人々の話に耳を傾けながらも、目だけは油断なく左右に動かしていた。仮寓の前に来ても、目の動きと背後に気を配る姿勢は変わらなかった。敷居をまたぎ、奥の室に入った信郎は、木箱から包み布を取り出した。物音を聞きつけたのか、いわが駆け足で室に入ってきて、後ろから、

「どうなされた」

甲高い声を上げた。割れた人差指が包み布に触れた時、痛みが走り、坂本が斬られた時に発した声が頭の中に響いた。

「うるさい」

押し寄せる声を振り払うように、一喝した信郎は、後ろを向き、いわの顔を見た。時間が止まったかのように、微動だにしないいわ。見てはいけないものを見てしまった顔つきで、口を開け、眼は少し潤んでいる。どれだけ時が経っただろうか、いわは何も言わず、音も立

てずに部屋から去っていった。信郎は、包み布に巻かれた手をさすりながら、端座《たんざ》し続けた。

慶応三年十一月二十六日、幕府は、京都守護職、所司代はじめ見廻組や新選組に警備地域の通達を改めて行った。見廻組は、南は丸太町《まるたまち》通りから、北は御土居《おどい》まで、東は鴨川東岸より、西は御土居までの警備を担うことになった。

一方、討幕派の薩摩藩は、同月二十三日には、相国寺《しょうこくじ》（現・京都市上京区相国寺門前町）に三千の兵を入れていた。十二月一日、長州藩も、摂津国西宮《せっつのくににしのみや》の六湛寺《ろくたんじ》を本陣とし、付近にも陣を布いた。

十二月七日、幕府は、淀《よど》・篠山《ささやま》・郡山《こおりやま》・高槻《たかつき》藩とともに、見廻組に対しても、非常時の出兵を命じ、翌日には、御台所御門《みだいどころごもん》前の警備を割り当てる。

九日、待機していた薩摩・土佐・安芸《あき》・尾張《おわり》・越前《えちぜん》藩兵は、御所の九門《きゅうもん》を封鎖、御所への立ち入りは藩兵によって制限され、親幕派の公卿《くぎょう》の参内《さんだい》は禁じられた。そこに、赦免《しゃめん》されたばかりの公家・岩倉具視《いわくらともみ》が参内し、新政府人事と徳川慶喜の処分を求める王政復古《おうせいふっこ》の大号令案を奏上、ついに王政復古が発令された。

禁門《きんもん》の変により朝敵《ちょうてき》となっていた長州藩は復権し、反幕派公家も赦免される。新政府の三職（総裁《そうさい》・議定《ぎじょう》・参与《さんよ》）の新設が布達《ふたつ》される一方で、幕府の廃絶、守護職・所司代の廃止といった幕政否定も行われた。

討幕派の強引なやり方に我慢がならない旧幕府側の藩兵は、二条城に集まり、薩摩藩と一戦交えることを望んだ。しかし、全面衝突を憂う徳川慶喜は、十二日夜、兵を率いて大坂城に向かった。慶喜の供として、見廻組も下坂《げはん》することになった。ちなみに、見廻組は、十二月十四日に、遊撃隊に編入されているが、煩雑であるので、見廻組のままで通す。

哀れなのは、残された見廻組の家族であった。東山の山麓部《さんろくぶ》にある蹴上《けあげ》の休息所には、千人余りの、そうした人々でごった返していた。

「これから、どこに行けば良いのですか」

「我らは、どうなるのですか」

不安と疲れで、虚ろな眼をした人々が、幕府の目付らしき男に、今後の進退を尋ねる。男は顔を空に向け、考え込んでいたが、しばらくして、

「大津代官の石原清左衛門《せいざえもん》の役宅に行くのが良い。代官所へも便宜をはかろうぞ」

力強く答えると、周りにいた人々は、

「地獄に仏とはこの事」

「有難や」

口々に謝《しゃ》して、男を拝んだ。人々は着の身着のまま、裸足の者もいて、怪我したのか足から血を流している女もいた。担架に乗せられ、何事かを呻いている老人。女と子供に支えられ、喘ぎつつ歩む病者。泣き叫ぶ赤子。未だ戦があった訳でもないのに、敗れた訳でもないのに、すでに旧幕府側の人々には、不吉の影が忍び寄っているかのようであった。

信郎は、大坂に進発する前、今出川千本の仮寓に帰り、いわに対し、

「お前はこれからすぐ江戸に帰れ、おれも荷造りを手伝ってやる」

珍しく、せかせかした様子で伝えたという。女と幼い子供のみの長旅は危うい。いわたちも、彷徨う千人の見廻組の家族の中に含まれていただろう。旧幕府の目付・岡部三右衛門は、大津の代官所に着くと、代官に、

「一行を役所内に入れてくだされ。もし入れることができなければ、大津宿にある大きな家を宿とし、食事や夜具を手当して頂きたい。また、一行には、病人もおります。医師の手配もお願い致したく」

と頼み込み、一行のため尽力した。

旧幕府側の苦境を尻目に、薩摩藩は浪士を使い、江戸で、幕府寄りの商家や武士に、略奪や放火・暴行を繰り返させた。騒乱を起こした者たちは、薩摩藩邸に逃げ込んだ。

「騒乱の黒幕は、薩摩じゃ」

「もう我慢ならぬ」

証拠を掴んだ庄内藩と新徴組《しんちょうぐみ》は、三田の薩摩藩邸に討ち入る。十二月二十五日のことである。旧幕府勢の砲撃、浪士の放火によって、藩邸は炎に包まれ、浪士共は逃亡した。

二十八日、焼き討ち事件が大坂城に知らされると、

「薩摩討つべし」

「薩摩の芋め」

城中に怒りと主戦論が巻き起こった。年が明け、慶応四年（一八六八）一月二日、旧幕府軍（会津・桑名藩兵が主力）は、薩摩の非を鳴らし、京を目指して進軍する。見廻組は、佐々木只三郎率いる四百人がそれに加わった。残りの二百人は、大坂で市中警固を担った。

淀に宿陣した軍勢は、見廻組を先駆けとして、鳥羽《とば》街道を北上した。只三郎は陣羽織《じんばおり》を着し、手には槍を持ち、悠々と馬上に揺られている。佐々木隊の与頭勤方《くみがしらつとめかた》であった信郎は、只三郎よりも前方で、手綱を握っていた。先陣を進む信郎は、上鳥羽《かみとば》に到着したところで、
薩摩藩兵から、

「とまれ」

と、関門にて進軍停止を命じられる。藩兵四人が、槍の穂先を信郎に突き付けながら、

「ここから先、通ることは罷《まか》りならん」

と、がなり立てた。

「小癪《こしゃく》な言い草。何をもってそう言うか」

眉間に皺を寄せた信郎は、藩兵よりも更に声を響かせる。藩兵らは、怯んだように穂先を下げたが、

「朝廷のお許しが出ておらぬからだ」

虎《とら》の威《い》を借りる狐《きつね》のように、再び勢い付いて胸を張った。押し問答が何度も続いたが、埒《らち》が明かない。時だけが過ぎていく。

「慶喜一人のほか、入るを許さず」

無理難題を吹きかけてくることもあった。

業を煮やした大目付《おおめつけ》・滝川播磨守具挙《たきがわはりまのかみともあき》の家臣が単騎、薩軍の中央突破をはかるも、多くの藩兵に包囲されて失敗に終わった。その間に薩軍は、大砲三門を第一線に据え置き、全軍が装填した。押し問答は、新政府軍の態勢が整うまでの時間稼ぎであったのだ。

時を無駄にして、いつまでも、この地に留まるのは無益と判断した旧幕軍は、夕刻になる

と、

「押し通り、入京《にゅうきょう》する」

と宣言し、前進し始めた。見廻組隊士は、皆、槍や刀を手に関門に押し寄せる。薩軍から、大小砲の弾が雨あられの如く降ってきた。喚声が彼方此方《あちこち》から上がる。薩軍の射撃で、信郎の周りにいた隊士はバタバタと倒れていく。乱戦のなか、滝川播磨守が乗っていた馬が、喚声に驚いたのか、いななきながら淀方面へ向けて狂奔する。後隊は、それを見て、

「すわ、前軍は崩れたか」

青くなり驚嘆して、器械や銃弾を棄てて退いていく。不甲斐ない様を見た只三郎は、

「山積している銃を拾い、再び関門に迫ろうぞ」

と、隊士に命令を伝えるため、率先して騎馬で駆け巡るが、薩軍からの発砲は烈しさを増すばかり。近寄り難く、反撃は叶わなかった。夜に入っても戦は続くが、伏見辺《ふしみあた》りから火の手や銃声が聴こえてきた頃から、旧幕府側の敗色が濃くなる。深夜になると、両軍は散発的に銃弾を打ち合うのみとなった。

下鳥羽《しもとば》に夜営した見廻組は、翌四日の早朝には桑名藩兵とともに出撃するが、苦戦の影響で後続部隊ばかりか弾薬・兵糧の補給もなかった。ついには、飢えをしのぐため、無人の民

家に押し入り、わずかにあった餅を頬張る始末。新政府軍の砲撃に、味方は吹き飛ばされ、死傷者は増える一方だった。よって未《ひつじ》の刻に入り、下鳥羽方面に退却、富ノ森《とみのもり》で休息をとることになった。休息も束の間、一刻と経たぬ間に、富ノ森にも新政府軍からの攻撃が開始される。

見廻組は渡河し、近くにあった竹藪に忍び入り、側面より敵を銃撃した。怯んだ敵を見て、只三郎の下知《げち》によって、見廻組は一斉に突撃する。

信郎も、雄叫びを上げ、刀を振り上げて、敵中に飛び込んだ。獣のような信郎の形相に気おされて、動きを止める敵兵もいた。

そのような兵は、信郎の格好の獲物だった。信郎が刀を一閃《いっせん》させると、首は最早《もはや》なく、身体は崩れ落ちていた。

「うぉぉ」

首のない仲間の屍《しかばね》を見て、恐怖と怒りが混じり合った声をふり絞り、刀を振り降ろしてきた男がいたが、信郎の頭上に刃が来る前に、横薙ぎを受けて自らの血の中に倒れた。敵兵はバラバラと逃げ始める。逃げる敵兵の背後から、見廻組は狙撃。信郎は、後ろから敵に斬りつけた。

富ノ森では、翌五日も戦闘が続いた。土を詰め込んだ樽を積み上げ、防壁とした見廻組だが、新政府軍の火力に圧倒され、正午には敗走を始める。そして、石清水八幡宮《いわしみずはちまんぐう》側近くの橋本に布陣した見廻組。六日卯《う》の刻には、新政府軍の銃声が山に木霊《こだま》した。只三郎は、川向かいの堤の笹藪に兵を配置するため、船の手配をしようと、横にいた信郎に顔を向けた時である。一発の銃声が聞こえた。只三郎は、顔をしかめ、両膝から崩れた。敵の弾丸が腰を貫いたのだ。

「お頭」

信郎は、只三郎を抱きかかえると、

「急ぎ、戸板を」

平隊士に命じた。戸板に乗せられた只三郎は、大坂城内に送られ、治療を受けることになる。桂隼之助は、一月四日の戦いで、左足に銃弾を受け、大坂に運ばれる途中で、死亡した。二十七歳だった。二十六歳の高橋安次郎は五日に戦死、土肥仲蔵も重傷を負い、搬送される途中、足手まといになることを恥じて、紀州由良の念興寺《ねんこうじ》本堂にて、一月十一日に腹切ることになる。三十五歳であった。

次々に傷を負い、あるいは死していく仲間を見つめながら、信郎の怒りは、頂点に達していた。負傷したお頭の只三郎とともに、早々と大坂に退くこともできたが、新政府軍に向けられた怒りが、それをさせなかった。淀川対岸の山崎を守備していた津《つ》藩が寝返り、橋本の旧幕府軍に砲撃を始めたことで、味方はすでに総崩れとなっていた。我先にと大坂へ走る人馬を横に見て、信郎は一部の見廻組隊士と踏みとどまった。敵軍への怒りのみならず、

（ここで我らが、すんなり退けば、お頭の命も危うい）

との想いもあった。

（徳川の士は腰抜け揃いと、後世まで物笑いになる）

生来《せいらい》の負けん気が顔を覗かせたとも言える。信郎らは、河原の草叢《くさむら》から小銃をもって、土手上の敵数人を狙い撃ちした。頭や顔から、どす黒い血を流して倒れる敵兵。見廻組と言えば、刀の使い手との印象があるが、慶応二年頃からは、幕府より小銃を手に入れ、市中の寺で射撃訓練に精を出していた。

銃撃により伏兵に気が付いた敵兵は、大砲を持ち出してきた。砲丸に当たれば、即死に違いない。敵兵の数も増してきた。

（悔しいが、今は退くしかない）

怒りは収まらなかったが、将来の復讐を誓い、信郎らは大坂方面に向かった。旧幕臣が奮

戦しているにも関わらず、六日の夜、総大将の徳川慶喜は、数人の閣僚とともに、大坂城を抜け出し、海路、江戸へ帰ろうとしていた。大坂に戻った信郎らは、その後、徳川御三家の一つである紀州藩の城下に向かい、そこから、旧幕艦・順動丸《じゅんどうまる》に乗って、二月六日に江戸に帰り着いた。その間に、只三郎は、治療の甲斐なく他界していた。紀州の由良港に停泊していた富士山丸《ふじやままる》に、大坂から治療のため運ばれた只三郎だったが、一月十二日に死亡、艦長の指揮によって、砲丸を体に結び付けられて、水葬された。

重傷を負っていた桜井大三郎も死亡し、只三郎とともに海に葬られた。坂本龍馬殺しに関与した多くの者が、鳥羽伏見の戦いによって、泉下《せんか》の客となったのである。

只三郎の死を知った時、信郎は拳を握りしめ、歯を食いしばって、同志を失った悲しみと、新政府への怒りを露わにした。

＊

「夜中密かに城を抜け出すなど、総大将にあるまじきこと」

信郎は、大声でまくし立てた。信郎の顔を、まっすぐに見つめているのは、古屋佐久左衛門。かつて、信郎が横浜講武所に赴任した時に意気投合した幕臣であり、神奈川奉行所に勤務していたが、西洋の軍事知識を買われて、今では、歩兵隊の指図役頭取《さしずやくとうどり》であった。鼻を膨らませて、興奮している信郎を、優しい目で懐手《ふところで》で話を聞いていた佐久左衛門は、

「確かに慶喜公が、大坂の城を遁《のが》れて江戸に還られたことは、失策に違いない」

「大坂で踏みとどまり戦えば、軍勢の数からみても、必ず勝てたはず。何より、大坂になど退かず、都で薩軍を押しつぶしておけば良かったものを。都を離れたせいで、主上《しゅじょう》(天皇)を敵に奪われてしもうた。それに」

なおも語ろうとする信郎を遮《さえぎ》るように、左手を前に突き出した佐久左衛門は、

「慶喜公は、主上に恭順される心積りじゃ。近く、上野寛永寺《うえのかんえいじ》の子院《しいん》・大慈院《だいじいん》に入られると聞いておる」

「このままでは、徳川の世が終わってしまいます」

声を張り上げる信郎に苦笑いしつつ、

「そう大きな声を出すな。ここは我が塾の中ぞ」

佐久左衛門は、落ち着いた声音で言った。彼は、下谷竹町《したやたけまち》に英学塾を開いていたのだ。

「申し訳ありません。しかし、薩長の盗人のようなやり方は、余りに卑劣。このまま、おめ

おめと座していては、亡き見廻組の士に顔向けできませぬ」

信郎は、涙をためて、下を向いた。

「窪田備前守も、鳥羽伏見の戦いで重い傷を負い、死んだな」

佐久左衛門は、呟くように言った。窪田は、横浜時代の信郎の上司であり、信郎に、いわを世話したのも、彼であった。

「はい」

信郎は声にならぬ声を絞り出した。

「徳川家を再興したい」

かすれた声で信郎は言い、姿勢を正した。佐久左衛門は、頷き、

「わしも同じ想いじゃ」

信郎の手を取った。信郎らのように、慶喜の恭順姿勢に我慢ならない者は大勢いた。二月の初めには、陸軍十一・十二大隊の歩兵が、武器を持って脱走する事件が起きていた。当時の陸軍総裁・勝海舟の部下・松並権之丞《ごんのじょう》は、暴発せんとする者を宥《なだ》めていたが、徒労に終わった。松並は旗本であり、佐久左衛門とは、かねてから知り合いであった。その松並が佐久左衛門たちに、脱走兵の帰順工作《きじゅんこうさく》に当たってほしいと、協力を求めてきた。

信郎からしたら、脱走兵の気持ちはよく分る。しかし、勝手な脱走は軍規違反であり、今後、旧幕府軍の士気にも関わることだ。脱走兵の中には、無頼の徒も混じっており、民に危害を加えるかもしれない。板挟みの想いに捉われながら、信郎らは、役目を引き受け、すぐに行動に移る。

二月十四日には、下野国《しもつけのくに》佐久山《さくやま》にいた脱走兵に追い付いた。

「そなたたちの想いは分る。しかし、勝手な脱走は軍規違反。これ以上の行軍は慎み、帰順されよ」

信郎は、懇切に説いた。歩兵の中には、町人だけでなく、人足《にんそく》・火消《ひけし》・博徒《ばくと》といった気性の荒い連中も加わっていた。彼らは、食べ物や飲み物にも事欠いている有様であった。疲れ果てている兵が多かったので、手当を施すと、安堵の顔を見せた。その一方で、

「わしは、このまま進むぞ。腰抜けにはなりたくないからな。のう、皆々、参ろうぞ」

悪態をつき、せっかく生まれた平穏をかき乱す、無頼の徒がいた。

「おぉ、参ろう」

何人かが、腰を上げ、同調しようとした。

「待て。行ってはならん」

信郎の引き留めにも、無言で立ち去ろうとする荒くれ者。だが、

「去る者は斬る」

との言葉には、無頼《ぶらい》の血が騒いだのか、足を止めピクリと反応し、

「斬れるものなら、斬って見よ」

頭目《とうもく》の一人と思われる男が、刀を抜き凄んだ。だが、その言葉が言い終わるか、終わらないうちに、男の首と胴は切り離されていた。刀に着いた血を払った信郎は、同調者をぐっと睨んだ。

「刀の錆《さび》になりたいか」

静かに問うと、多くの者は、かぶりを振り、口を開けて死んでいる頭目の首を見て、その場に、へなへなと座り込んだ。信郎の一刀によって、不穏な空気は払われて、帰順工作を成し遂げることができた。歩兵隊の統率《とうそつ》は、見どころがあるとして、助命された火消の藤吉こと村上長門《ながと》が当たることになった。

江戸に戻った信郎は、実家がある本郷に寄り、父母や、京から無事に帰りついていた妻子の顔を見ると、すぐ見廻組の屯所《とんしょ》に向かった。見廻組の屯所は、七戸藩《しちのへ》の藩邸内の長屋《ながや》（現・千代田区一番町）にあったが、二月上旬の火災発生によって、小笠原邸《おがさわらてい》（現・千代田区大手町一丁

目）に移っていた。

見廻組の隊士たちは、連日、江戸城の警備と、仏国式の軍事訓練に明け暮れていた。江戸城から上野寛永寺の子院・大慈院へ移り、新政府に恭順する意思を持っていた徳川慶喜の警固も、見廻組に命じられていた。「見廻組の者より五十人、強壮の者を撰び、明日より東叡《とうえい》山《ざん》へ詰めさせるように」（二月十一日）との旧幕府からの命であった。しかし、信郎をはじめとする隊士が警護したとの記録は残っておらず、詳細は不明である。信郎は屯所で平隊士《ひらたいし》たちの、

「上州《じょうしゅう》、野州《やしゅう》、信州《しんしゅう》の群民が蜂起し、豪家《ごうか》を破壊し、米を奪い、兵器を集めて、山林に屯集している」

との話に聞き耳を立てた。暴徒化した民の鎮圧が急務になっていたのだ。まさか、その役目が佐久左衛門や信郎に降りかかってくることになるとは。勝海舟は、新政府への恭順に反対し、暴発しそうな勢力を、江戸から遠ざけたいと考えていたが、群民鎮圧はそれにうってつけの理由だったのだ。早速、

「古屋佐久左衛門を歩兵頭に任命する。軍資金や武器も与えよう。また、信州の中野陣屋《なかのじんや》領も与えるので、暴徒を鎮撫せよ」

との指令が下った。中野陣屋（現・長野県中野市）は、約百ヶ村を支配下におく代官所であったが、年貢をめぐる農民との紛争によって、廃止されていた。信郎は頭並《かしらなみ》隊長を拝命、募兵《ぼへい》によって約九百名が集まったので、三月一日、信州に向けて出陣。その夜は、桶川《おけがわ》の大雲寺《だいうんじ》に宿陣《しゅくじん》した。そこに、先に進み、情勢を探っていた秋沢貞治《あきざわさだはる》が熊ケ谷《くまがや》から戻ってきて、

「官軍の先鋒は、すでに武州《ぶしゅう》本庄《ほんじょう》まで繰り出しております」

肩で息をしながら、片膝付いて伝えた。群民の鎮撫の前に、官軍と衝突し争うことは、大いに手間である。そこで、羽生《はにゅう》の陣屋に進み、同地にて、官軍が通り過ぎるのを待とうとしたが、官軍は熊ケ谷に着いたと思うと、そこから動かなくなった。

膠着状態に陥ることを恐れた佐久左衛門らは、軍勢を三分し、前軍を信郎が、中軍を佐久左衛門が、後軍を内田庄司《しょうじ》が率いて、浅間の間道《かんどう》から中野陣屋に入らんとした。羽生陣屋を去り、梁田《やなだ》（現・栃木県足利市）に宿陣したのが、三月八日であった。

翌日、まだ陽が照る前の、仄暗い刻限、番兵が具足《ぐそく》を鳴らし、信郎の室に駆けいってきた。

「申し上げます。何れの兵かは分かりませんが、大軍が我が陣に向かってきております。その様は、黒き蟻《あり》のようでございます」

早口でまくしたてる兵の報せを聞き終わると、信郎は佐久左衛門や内田と対策を話し合い、

兵を集結させた後、使者を出すことにした。深い霧に覆われた村々を、使者は馬で駆け抜けた。

が、暫くして鳴り響いたのは、銃声であった。明らかに官軍の仕業だ。官軍の一隊は、梁田宿の北と西に霧に紛れて進み、発砲してきたのだ。

信郎が率いる前軍は西に、佐久左衛門の中軍は北に向けて、大小砲を連射した。中軍は、南の裏畑に進み、西から進攻してきた敵軍を、横から射撃する。また、四斤施条砲《よんきんしじょうほう》二門を前に出し、北の敵軍を撃ち、追い詰めた。八時過ぎになると、敵は崩れ出し、退こうとしたので、ここぞとばかり追い立てた。

ところが、敵の援軍が押し出してきたので、双方、畑に散らばり、銃を撃ち合う。敵は続々と援兵を前面に出してくる。次第に味方は劣勢となり、死傷者が続出。人ばかりか、大砲の車輪が砕け、使用不可となるにおいて、ついに、

「退け」

退軍の令が伝えられ、中軍から退き始めた。前軍と後軍は、堤を楯にして眼下の敵を狙撃。残る山砲二門を引っ張り出して砲撃した。退きつつ戦うことを続けている間に、銃弾を受け、身から血を出し、動けない兵の姿が信郎の目に入るようになる。このまま放っておけば、苦

しみながら死ぬか、敵兵になぶり殺されるだろう。敵兵の頬肉を切り取り炙り、酒の肴にした幕軍の将、死体から肝臓を取り出し煮て食した薩摩の兵など、カニバリズム（人肉嗜食）が、官軍・旧幕軍、双方で行われていた。そこには、敵に対する凄まじい、凍るような敵意もあったろう。

（敵に嬲《なぶ》られ、殺されるよりは）

（苦しみもがく姿は哀れ）

信郎は、刀でもって、虫の息の兵の首を次々と刎ねた。

なかには、

「母上」

と、か弱き声で、故郷の母を恋しがる者もいた。そうした味方の兵の首を斬る時、信郎の胸は張り裂けそうであった。部下と共に重傷者十四人の首を斬った後、小走りに前に進むと、渡良瀬川《わたらせがわ》が見えた。川岸には、渡し舟が波に揺られていた。人は乗ることはできようが、大砲の重さには耐えることはできないだろう。敵に利用されないように、車台を破壊し、川に沈めた。

残兵を纏《まと》め、人員を改めてみると、負傷者は七十六人、逃散者は数十人、討死した者はその数を知らずという有様であった。会計方の鈴木秀次郎《しゅうじろう》が、混乱に乗じて軍用金八百両を持ち逃げしたことも痛手だった。手負いの者の傷口に布を巻き、駕籠《かご》・釣台《つりだい》・戸板に乗せ、永野《ながの》村から日光山《にっこうさん》に向かう。

ちなみに、この日、信郎らを先制攻撃したのは、薩州四番隊、長州二番隊、大垣《おおがき》隊である。信郎らは、官軍と戦うつもりなどなかったが、相手が先に攻撃を仕掛けてきたならば、立ち向かうほかかない。

第六章

意地

翌日の朝、鹿沼宿《かぬま》（現・栃木県鹿沼市）に着陣し、斎藤米太郎《よねたろう》・渡辺新次郎に届書《とどけしょ》を持たせて、江戸に遣わした。届書には「昨日、不意の襲撃を蒙《こうむ》り、武道止むを得ず、応戦なす所に、官軍の趣、承知致し、鹿沼まで退く」旨が記されていた。

佐久左衛門、信郎、内田ら三軍の将は、頭を寄せ合い、

「我ら、腹を切り、残る兵の命を官軍に乞わん」

ことを決めた。

（わしの命で、兵が助かるのならば）

信郎は、我が身を捧げる想いで、今日切るはずの自分の腹をさすった。その時、番兵が一目散に飛び込んできて、

「壬生《みぶ》、宇都宮その他、近隣の諸藩、我らを討つため、出陣したとのこと」

喘ぎながら伝えた。

「何と」

佐久左衛門は、床几《しょうぎ》から立ち上がり、天を睨んだ。信郎は佐久左衛門の横顔を見たが、青白くなっている。いつの間にか髪にも白いものが混じっていた。

「徳川家に多大な御恩がありながら、裏切るとは」

「許せぬ」

一報を聞きつけた兵士らが、怒声を上げながら、集まってきた。

「初志貫徹じゃ」

「誰が攻めて来ようが、このまま中野陣屋に進むべし」

「古屋様、ご決断を」

立ちあがったままピクリともしない佐久左衛門に決断を迫った。信郎も、

「今日、腹切る覚悟でおりましたが、裏切り者が攻め来ると聞いて、闘志が湧いてきました。私の想いも、彼らと同じ。徳川家に仇をなす者は討つのみ」

暫く沈黙が続いたが、

「皆の想い、この佐久左衛門、受け止めた。難敵が来ようとも、中野陣屋に向かおうぞ。ま

ずは、態勢を立て直すため、会津に向かうことにする」
佐久左衛門が叫ぶと、周りの兵は鬨《とき》の声をあげた。その夜、斥候《せっこう》隊は、下野国今市《しもつけのくにいまいち》に進み、宇都宮藩兵と戦い、小銃七挺《ちょう》を奪う戦果を挙げる。三月二十二日、会津若松の城下に到達した一行は、京都守護職を務めた松平容保に拝謁《はいえつ》、共闘を確認する。その間、江戸の情勢は、急旋回していた。三月十五日には、新政府軍による江戸城総攻撃が予定されていたが、勝海舟と薩摩の西郷隆盛の会談によって回避されたのだ。しかし、信郎らは、そうした流れに抗うように、戦の道を突き進んでいく。

若松城の北にある興徳寺《こうとくじ》で、梁田で戦死した者六十二名の霊を弔った信郎らは、三月二十四日、越後に向かう。兵は当初の九百名から五百に減っていたので、味方を募る目的があった。

二十九日には、信郎と副長の前田兵衛《ひょうえ》は、新発田《しばた》城（溝口伯耆守《みぞぐちほうきのくにのかみ》）に入り、

「我ら国家のため、天下のため、奸賊《かんぞく》を除き、大君《たいくん》の冤《ぬれぎぬ》を雪《そそ》ぐことを願いとしております。我らに付くか、薩摩や長州の賊に付くか、速やかに向背《こうはい》を定めて、御答えを頂戴したい」

藩重役にも臆することなく、思うところを述べた。その後、前田は村上藩（内藤信民《のぶたみ》）に赴き、説得を試みる。その甲斐あって、新発田、村上、村松、長岡の諸藩に同盟の機運が生じ

る。

佐久左衛門は、高田藩《たかだ》（榊原政敬《さかきばらまさたか》）、飯山藩《いいやま》（本多豊後守《ほんだぶんごのかみ》）、松代藩《まつしろ》（真田信濃守《さなだしなののかみ》）との連携も模索する。四月二十四日、内田庄司（中軍）率いる部隊は、飯山藩兵の導きで、信濃に入り、千曲川中流を渡っていた。渡河の際、突如、堤より銃弾が雨のように降ってきた。対岸に布陣した松代、須坂藩勢からの銃撃であった。多くの飯山藩兵は、銃撃によって水中に没した。内田は、兵を繰り出し戦おうとしたが、敵もさるもの、大砲を前に進めてきて、内田軍の砲兵を打倒したのだ。砲兵がいなければ、大砲は無価値となる。

内田軍の前田兵衛は、大砲を借用するために飯山城に向かうも、返ってきたのは、矢倉からの銃声だった。この銃撃によって、兵四人が命を落とした。

「裏切りか。卑怯な」

前田は歯ぎしりして悔しがり、兵を前進させ、城に向けて発砲させた。城内からも、対抗するように大小砲弾が発射される。

「ここが踏ん張り時ぞ。前へ」

内田は、声を振り絞り督戦《とくせん》。城を奪おうと奮戦するが、正午過ぎ、松代・須坂の兵が背後に迫ってきたので、

「このままでは挟撃《きょうげき》され、我が軍は押し潰されよう。無念だが、退くしかない」

内田は兵を纏めて、城の西にある山に退いた。

信郎が率いる前軍は、二十六日、内田部隊が去った後の飯山城下に入ったが、松代藩兵だけでなく、飯山城内からも銃を乱射してきた。信郎はこの時、

「飯山、叛《はん》する」

を知ったという。信郎の怒りはどれほどのものだったろうか。彼の肉声は伝わっていないが、直後の行動から推測することができる。兵を進め、柵門を破り、侍屋敷に乱れ入ったのだ。信郎の周囲は、敵味方の兵士が入り乱れ、斬り合い、撃ち合いの阿鼻叫喚《あびきょうかん》。血に染まった兵が何人ももがき苦しんでいた。信郎の肩上を弾がかすめた。撃ってきた銃兵の背後に素早く回った信郎は、刃を首に突き付けて、内田軍の動向を問うと、

「既に退いた」

冷汗をかきつつ、怯えながら答えた。信郎はそのまま兵の首に刃を押し付けた。首から血を流し倒れる銃兵を見てから、城外に出た信郎は、駆けてきた騎馬武者の腹を刀で突いた。馬から振り落とされた武者は、悲鳴を上げて、倒れ込んだ。瞬時に馬に跨《またが》った信郎は、しっかりと手綱を握り、駆け回り、城外にいる松代藩兵と刃を交える。

敵をかく乱した後には、一度、兵を纏め、少しばかり退き、小村で休息。飯を焚き、分捕った臼砲《きゅうほう》などの器械、弾薬の検査に勤《いそ》しんだ。そこに、

「総督(佐久左衛門)からの、退けとの命をお伝えします」

木村大作《だいさく》という使いの者が、勢いよく走り込んできた。

「何を言うか。我らは勝っておる。退かんぞ」

信郎は気色《けしき》ばみ、使者を追い返した。だが、それからも矢のように使者が訪れ、退くことを乞うので、仕方なく富倉山《とみくらやま》まで下がった。信郎は、退けの命令に憤激し、

「今宵、再び飯山城を襲い、信州の諸侯《しょこう》の肝を冷やしてくれる」

城攻めの意欲満々であったが、楠山兼三郎《くすやまけんざぶろう》が騎馬で馳せ来たり、

「高田藩に表裏の色あり。よって速やかに川浦《かわうら》の陣屋に退き、万全の策を立て、回復を計られんことを」

との言葉を発するにおいては、苦虫を嚙み潰したような顔で受け入れるしかなかった。信郎の軍勢は、隊伍を整えて順々に退いたが、天すでに昏《くら》く、山路に難渋した。

川浦に着いてからは、諸隊長や軍監が本営に集まり、軍議となった。

「今夜、高田城に押し寄せ、一戦すべきです」

「城に間諜《かんちょう》を入れて火を放つ。その混乱に乗じて賊を討つべし。同盟の士とともに高田城に籠りましょう」

「いや、会津、桑名の援軍を待つのが賢明かと」

意見は噴出し、纏《まと》まりを見なかった。

(小田原評定《ひょうじょう》を続けて何の意味がある)

時が過ぎていくばかりの現状に嫌気がさした信郎は、

「今夜進んで戦わないのであれば、速やかに退くべし。坐して、空しく、ここにいたならば、敵は必ずや夜襲をしかけてくる。皆々、よく考えてほしい。これより、夜襲に備えるため、席を外させてもらう」

諸将の顔を見ながら大声で論じると、席を立った。信郎の一喝に効果があったのか、諸将からも、

「夜襲に備えよ」

との声が上がった。信郎は、諸隊を廻り、弾薬や食糧の手配をさせ、兵士に草鞋《わらじ》を着用させた。

夜八時頃、西南の方角から、砲声が轟《とどろ》いたかと思うと、陣屋に破裂弾が命中し、門扉《もんぴ》が砕

かれた。

「敵襲じゃ」

慌てふためく兵士の声が闇夜にこだまする。更に数弾が飛来し、破裂、人体を吹き飛ばした。腰を抜かし動かない者、逃げ惑う兵に、

「落ち着くのじゃ。慌てるでない」

信郎は、兵の顔を見て、宥めて廻った。暫くすると、佐久左衛門からの、

「地理不案内にて、夜戦に利なし。塚野山《つかのやま》に退け」

との命が伝わってきた。

(早く退かぬから、こうなるのじゃ)

信郎は舌打ちして、一部の兵を率い塚野山(現・長岡市)に退いたが、残兵を纏めるため、すぐにとって返した。馬を乗り回し、兵を纏めている最中、敵の弾が馬に当たり、信郎は振り落とされる。側にいた銃兵が心配して駆けつけてきたので、

「怪我はしておらぬ。案じるな」

信郎は、土埃《つちぼこり》と泥が付いた顔を兵に向けた。その時、信郎の顔にポタポタと水滴が落ちてきたが、それから数分も経たぬうちに、土砂降りの雨となった。雨で、すぐ目の前もよく見

えないが、敵の大小砲による攻撃は、間断《かんだん》なく続いている。辺りの村々では法螺《ほら》が鳴らされ、農兵が竹槍、鎌、鍬《くわ》などで武装し、路を遮った。

「何たる不運か」

「もう、どうしようもない」

壊滅的な状況に絶望した差図役頭《さしずやくかしら》・林幸次郎《こうじろう》と、宮原秋之助《あきのすけ》(差図役並)は、本陣に火を放ち、腹を裂いた。その様を見た随兵二人も、自ら銃を持って、喉を撃ち貫き、林と宮原の死体に折り重なるようにして、倒れた。林はまだ十七歳だった。

敵は追撃こそしてこなかったが、相変わらず、大小砲を放ち、弾を打ち込んできた。深夜となり、全軍が暗闇に惑い、路に迷った。信郎は、捕えた農兵に道案内をさせ、二十七日に大崎村に到着する。弾薬は雨に濡れて、湿って使い物にならなくなっていた。銃兵も三分の一を失くしていた。四月一日には、酒屋陣屋に宿陣し、信郎は弾薬を借りるために水原《みずはら》に向かう。散り散りになっていた銃兵も、数日経つと徐々に集まってきた。どの顔にも疲れの色が見えている。

飯山城から中野陣屋までは約二十キロの距離であったが、目前で敵軍の奇襲にあい、惨敗。中野陣屋支配の夢は潰え、部隊は孤軍となったので、八小隊に編成し直し、これを衝鋒隊《しょうほうたい》と名付けた。

＊

衝鋒隊は、会津・桑名藩と連携しつつ、長岡国境の山岳地帯に陣を布いた。越後長岡藩は、官軍に抵抗するため、臨戦態勢をとっていた。官軍は越後を攻略するため、軍勢を二つに分け、動いた。四月十九日のことである。

信郎は、会津藩の要請で、小千谷《おぢや》（会津領）の芋坂《いもさか》の守備を任されるが、率いるは中隊八十余人だった。一方の官軍は、薩摩・長州・尾張・大垣・信州十二藩の混成部隊八千人。

二十六日の朝九時前から戦いは始まる。信郎が率いる兵士は、山の中腹によじ登り、雲霞《うんか》の如く押し寄せる敵の大軍を狙い撃ちした。もちろん、敵も黙って見ているはずはなく、右手の山に登り、銃を乱れ射ちしてきた。信郎らは、大砲を引っ張り出してこようとしたが、路は嶮《けわ》しく、ついに叶わなかった。

よって一旦、芋坂に退いた信郎らは、怯えた振りをして、草叢に忍んだ。勢い付いて攻勢をかけてきた敵軍が、三・四百歩の距離に近付いたところを、一斉に銃撃した。急襲に混乱状態となった官軍は、慌てふためき、驚き乱れて、真田の紋（松代藩の紋所）が入った大隊旗を振り捨て、逃げ出す有様。信郎らは兵の疲労を考え、深追いはせず、警戒を厳重にし、夜襲に備えた。

夜八時過ぎ、佐久左衛門からの書簡を携えた使者がやって来た。信郎が書簡を開くと、そこには、官軍が塚野山に現れたので、小千谷陣屋に急ぎ退けとの文字が。加勢のため速やかに退くことを決めた信郎は、兵に大砲を曳かせ、弾薬を負わせて、雨の降るなかを小千谷に向かった。小千谷の陣屋に着いたのは、夜十二時過ぎ。陣屋に着いたは良いものの、そこには人の姿は見えない。陣屋にいた会津藩兵は、すでに長岡に去り、残留する者はいなかったからだ。暫くして、佐久左衛門が一小隊を率いて来たが、

「この陣屋で、敵の大軍を防ぐことはできまい」

との結論に達した。大砲や小銃・幕や雑具を、会津藩が捨て去った船に積み入れ、陣屋を掃き清め、火の元に用心したうえで、兵士らは船に乗る準備を始めた。そこに、近在の村人が酒肴《しゅこう》を持って集まってきた。

「つまらないものかもしれませんが、どうか皆さまで」

官軍に見つかれば、どのような仕打ちを受けるか分からないにも関わらず、危険を顧みず、

酒食を振る舞ってくれたのだ。

「薩摩・長州の連中を追い払ってくださいませ」

「薩長の連中は、兵を退く時、村を焼き払うと聞いています。とんだ疫病神」

「我らは、徳川様の味方です」

地から湧き上がるような声を聞いて、信郎は目頭を熱くして、

「かたじけない」

丁寧に頭をさげた。なかには、涙を流し、別れを惜しむ村人もいた。村人の歓待に感激しつつ、衝鋒隊は、妙見《みょうけん》(現・長岡市妙見町)に渡った。

長岡藩は、河井継之助《かわいつぎのすけ》(家老)のもと、アームストロング砲、ガトリング砲といった最新武器を英米の商人から購入し、軍事増強をはかっていた。それは官軍にも旧幕府軍にも組せず、長岡藩の「独立」を成し遂げるためであった。

小千谷に侵入してきた新政府軍の軍監・岩村精一郎と慈眼寺《じげんじ》(現・小千谷市)で会談した継之助は、長岡への侵入の停止と中立的不服従を申し入れるが、一蹴され、談判《だんぱん》は決裂する(五月二日)。長岡藩は、奥州《おうしゅう》・羽州《うしゅう》の諸藩で構成される奥羽列藩同盟《おううれっぱんどうめい》に加わり、官軍に抵抗することとなった。早速、長岡藩は、官軍が占領していた榎峠《えのきとうげ》を奪い返す。官軍は榎峠を攻撃す

るため、朝日山《あさひやま》(現・小千谷市)に矛先を向ける。

薩摩・長州の兵が、競うように朝日山に殺到した。長州勢の猛攻により、会津の萱野右兵衛《かんのうへえ》隊は崩れ、敗走していく。信郎が率いる中隊は、敗残兵に目もくれず、官軍に向けて、銃弾を放つ。銃撃に堪えかねて、官軍は兵を退いた。激戦のなかで、長州藩参謀・時山直八《ときやまなおはち》が戦死している。

一時の勝利に酔う暇はなかった。五月十九日、官軍は信濃川を渡り、長岡城下に攻め寄せた。屈強な者は、朝日山や妙見に出陣しており、残っていたのは、老人と幼少の者だけであった。佐久左衛門と河井継之助は、手元の兵四・五十人を率い、防戦。継之助は自らガトリング砲を使い、薩摩の兵を続々に打ち倒した。だが、次から次へと攻め寄せる官軍に押されて、継之助は肩先を撃たれ、負傷。長岡城は、官軍の手に落ちた。

その後、長岡城は、七月二十六日に官軍の手から奪い返されるが、新発田藩の離反と、官軍の攻勢によって、三日後には再び官軍のものとなる。城を退いた継之助は、会津目指して、難路を歩むが、鉄砲傷がもとで、八月十六日に他界した。

八月に入り、加茂(現・新潟県加茂市)に陣取る衝鋒隊や信郎にも危機が訪れていた。五日、官軍が大挙して、四方から押し寄せてきたのだ。信郎らは大小砲を放ち、奮戦するが、焼け石に水。勝ちに乗じて、官軍は、倒れている死体を弾除け盾にして、こちらに進んでくる。衝鋒隊の諸隊長は、四方を廻り、兵卒を激励し、敵を追い落とすこともあったが、弾薬は既に尽きていた。信郎が後に「今日限りと奮戦なす」と回想した戦いは、六日にはあっけなく終わりを告げる。

「会津に入って再挙を謀らん」

衆議によって、そう決まったからだ。衝鋒隊は、会津においても、若松城を十重二十重に囲み、小大砲を放つ官軍に、果敢に立ち向かった。だが、弾薬・兵糧不足、劣勢からくる士気の低下は、次第に疑心暗鬼を生み、会津藩と伝習隊《でんしゅう》(旧幕府の精鋭歩兵部隊、隊長は播磨国赤穂《はりまのくにあこう》出身の大鳥圭介《おおとりけいすけ》)が不和となり、それを仲介せんとした佐久左衛門までが疑われる始末であった。

「会津藩と死生をともにするのは、ご免じゃ」

「このままでは、滅びを待つのみ。無策の極みじゃ。一先ず、福島に出て、諸隊を合わせて若松を救おう」

との声が湧きおこり、衝鋒隊や伝習隊は、ついに会津を離れるが、米沢藩の官軍への降伏、仙台藩が二心を抱いているといった報は、諸隊の隊長を大いに驚かせた。

「こうなれば、松島（宮城県）に停泊している海軍と力を合わせて、会津を救おうではないか」

九月十三日の軍議の結果、一行は松島に転戦することになった。九月二十一日、松島に到着。翌日、会津藩は、新政府軍に降伏した。都では、八月に睦仁親王《むつひとしんのう》（明治天皇）が即位、九月八日には、慶応から明治に改元されていた。

＊

仙台の沖に集結していた旧幕府の海軍（開陽《かいよう》・神速《じんそく》・長鯨《ちょうげい》・蟠龍《ばんりゅう》・大江《おおえ》・鳳凰《ほうおう》）を率いていたのは、海軍副総裁の榎本武揚《えのもとたけあき》。左右に伸びた立派な髭を蓄《たくわ》えた彼は、当時、三十二歳。歳こそ若かったが、榎本はロシアの侵略を防ぐため、未開の蝦夷地を開拓し、殖産を興し備えようという、大きな夢を抱いていた。その榎本のもとに、衝鋒隊、伝習隊、彰義《しょうぎ》隊、新選組、遊撃隊など、官軍に追い詰められた敗残兵約三千が集結した。信郎を含めた衝鋒隊の人々四百余人は、長鯨艦（九九六トン）に乗り込んだ。十月十八日の十二時半、各艦は帆を張り、煙を上げて、宮古湾を出た。雑多な軍隊を纏めるには、厳格な規律が必要である。宮古を出航前には、諸軍に対し、号令が出された。

一、敵と対陣せし時、番兵眠るにおいては銃火をもって死罪たるべし。
一、階級によらず武官逃げる時は同様死罪たるべし。
一、民家乱暴は死罪のこと。
一、兵卒武器を失うこと厳科《げんか》。
一、武器手入れ、悪しき時は晒《さら》し。
一、出陣の時刻、延引《えんいん》なる時は厳科。
一、間諜、召取候《めしとりそうろう》節《せつ》は吟味の上、隊長へ申立所置《もうしたてしょち》のこと。
一、半隊司令以上、銃を持ざること。
一、敵の首級《しゅきゅう》は取るに及ばざること。

信郎は軍律作成に一役買っていたに違いない。信郎の気迫と死地を幾度もくぐった戦歴は、軍規維持にはうってつけだったし、後に信郎は、衝鋒隊の砲兵長兼軍監、榎本政府の海陸裁判役兼軍監に就くことになるからだ。これまでも信郎は芋坂（現・新潟県小千谷市）などで略奪を働いた兵士を文字通り首にしていた。

北に向かった艦隊は、十月二十日には、東蝦夷《ひがしえぞ》の鷲ノ木《わしのき》に投錨《とうびょう》、諸軍はついに端舟《はしぶね》を下ろして上陸した。打ちつける波は激しく、風雪は猛烈で、端舟が覆《くつがえ》り、早くも死者が数人出るほどであった。苦心惨憺《くしんさんたん》して岸に上ると、早速、軍監の人見勝太郎《ひとみかつたろう》が朝廷への嘆願書を持って、兵卒三十人とともに、函館府知事・清水谷侍従《しみずたにじじゅう》のもとに赴いた。

翌日、滝川充太郎《みちたろう》(伝習仕官隊長)、大川正次郎《しょうじろう》(同歩兵隊長)が、それぞれ中隊を率いて人見の後を追うが、夜に入り、風雪に紛れて、長州や松前の数百の兵が、突如、襲撃してくる。滝川や大川は、砲声を聞くと、駆けだして兵を指揮し、勝ちを収める。滝川から榎本の許に「戦端開く」の報がもたらされたが、榎本は余裕の笑みを浮かべて、諸軍の配置を決めた。

列風と波浪《はろう》のため、信郎が乗っていた長鯨が鷲ノ木に着いたのは、十月二十三日の夕刻であった。信郎らが到着した時には、既に戦は始まっていたので、衝鋒隊はすぐに土方歳三の部隊に加わり、函館の五稜郭《ごりょうかく》を目指す。

途中の峠は、石を抱いて進むような悪路であり、積雪数丈《じょう》という有様であった。敵兵は、天然の要害にいるとの安心感から、焚き火を囲んで暖をとり休息していて、土方部隊の接近に気付いていなかった。その事もあって、土方部隊が一撃を加えただけで、敵兵は狼狽し、谷に転び、岩に躓き、傷付いた仲間をも助けず、四散した。

二十六日、五稜郭に入って見ると、清水谷府知事や官員の姿はなく、逃げ去った後であった。快進撃は続き、十一月五日には福山城(松前城)が陥落、こちらも藩主の松前徳広は津軽に逃げていた。

十二月十五日には、全島平定を賀し、砲台や軍艦で祝砲が鳴らされた。榎本は、士官以上の投票により、総裁に選ばれ、ここに蝦夷地の開拓を進めるため、新政府が誕生した。副総裁には松平太郎、陸軍総裁に大鳥圭介が任命された。だが、国内統一を推し進める官軍が、それを許容するはずはなかった。雪が浪のように渦巻き、大木さえ埋めてしまう、凄まじい北方の冬は、蝦夷地に束の間の平穏をもたらした。征討軍《せいとうぐん》が来ることは予想されたので、衝鋒隊の隊員は、鷲ノ木や沙原など各所に砲台を築き備えた。

そして、平穏が破られる時が来た。四月九日の早朝、艦隊に守られた官軍の陸兵千五百(第一軍)が、乙部《おとべ》に上陸し、江差《えさし》を手中に収め、破竹の勢いで五稜郭に向けて、進撃してきたのだ。

信郎は佐久左衛門と協議し、江差を奪い返すため、中隊を率い、遊楽部《ユウラップ》間道から乙部に向かうことになった。

「江差を奪うこと叶わずば、生きて還ることはありませぬ」

信郎と佐久左衛門は、刀の鍔をお互いに打ち合わせた。武士が約束を守ることを示すために行う「金打《きんちょう》」をしたのだ。

「此度、江差を抜くことができないなら、わしは生きて還らぬ」

兵卒を前にして、信郎は決意を示したので、士気は大いに上がった。

「私もその心積りであります」

「拙者もそうです」

力強い言葉をかけてくる兵士に、信郎自身の心も更に高揚する。出陣し、山越内で夜営している時、大総督の榎本から、

「退軍せよ」

との書簡が届けられた。兵力を温存したい上層部の意向であった。信郎は、

（またか）

頭に血が上り、沸騰しそうであった。士気あがり勝機がある時に限って、上層部から、

「退け」

の命令がこれまでも何度来たことか。書簡を粉々に破き去りたい気分であったが、ぐっと我慢し、信郎は兵卒を集めて、書簡を手にし、

「榎本大総督から退けとの命が来た。わしは一歩も退く積りはない。諸君はどうか。遠慮なく声を上げてほしい」

呼びかけた。すると、

「私は退きませぬ」

私も、それがしも、との声が辺りを圧した。その声を目を瞑って聞いていた信郎は、かっと目を開き、

「皆の想いは、よく分った」

一言すると、勝機を逸するので、退く積りはないとの返書を認めて、榎本の使者に手渡した。榎本の使者は、能面のように無表情な顔で返書を受け取ると、すぐに立ち去った。が、翌日の暁《あかつき》に騎兵がやって来て、また同じ書簡をもたらした。信郎も昨夜と同じ返書を持たせて、騎兵を追い返した。信郎の中隊は歩を進め、先鋒隊が江差を眼下におさめる頃になって、佐久左衛門が騎馬で信郎のもとを訪れた。佐久左衛門は、信郎と対面するなり、強い口調で問いただした。

「大総督の使者が再三来たりても、その命に服さぬとは、軍令を犯すものではないか」

「時は得難く、失い易いもの。今、敵を討たずば、後で必ず大いに悔いることになりましょ

う。そうなっては、取り返しがつきません」

信郎は、佐久左衛門の顔を射るように見て、反駁《はんばく》する。佐久左衛門も厳しい目付きで、

「どうあっても退かぬと言うか」

叫ぶので、

「退きませぬ」

信郎も負けじと声を張り上げた。一呼吸あって、佐久左衛門は大きく息を吐き出すと、

「では、これより進むならば、我が首を斬ってからにせよ」

先ほどとは、うって変わって、静かな口調で、決断を迫るようにして、首を前に出した。

「総督を、古屋様を斬れるはずはありません」

信郎は狼狽し、立ちあがって、喚いた。

「ならば退け」

佐久左衛門は床几に座り、首を差し出したまま、信郎に問いかける。

「しかし、勝機が……士気も下がりましょう」

信郎が言い淀んだので、

「此度は大総督の命を聞いてくれ。だが、これから後、このような事があった時は、敵を倒

してから、堂々と法を請おうではないか」

佐久左衛門は、顔を上げて、信郎を見つめた。信郎の目は怒気を含んでいる。佐久左衛門は、信郎の肩を二度軽く叩いて、その場から去っていった。信郎は、呆然と立ち尽くすのみであった。佐久左衛門の説得によって、信郎は軍勢を引き上げさせた。

一方、官軍は、二千の兵（第二陣）を江差に上陸させ、勢力を増していた。緒戦の勝機を失くした榎本軍は、次第に官軍に押されていくことになる。

十日の午後三時頃、薩摩・長州・松前《まつまえ》・福山藩兵が大挙して、二股口《ふたまたぐち》の天狗岩《てんぐいわ》に押し寄せた時などは、衝鋒隊や伝習隊は、予《かね》てより築いていた壁十六ヶ所から、十字砲火を浴びせ、敵兵を殺傷した。敵兵は死体を楯にしつつ、こちらに向けて弾を打ってきた。

夜になり、滝のような大雨が降っても、敵兵は衆《しゅう》を頼《たの》み、次から次に兵を入れ替え、攻撃をしかけてくる。こちらは、兵力が十六ヶ所に分散しているので、どこかを破られれば一気に敗色が濃くなる。そうなる前に、こちらから奇襲をし、敵を破らねばならない。決死隊を募った衝鋒隊は、夜十時頃、沢を渡り、山に登り、敵の横背に出て、暗闇のなか、一斉に乱射をした。突然のラッパの音と銃声に、敵兵は不意を突かれ、潰走《かいそう》する。

三月十六日、追討軍約二千（第三陣）が江差に上陸。二股口の防衛に成功した榎本軍は、十七日に江差奪還を試みるが、敵は軍艦春日《かすが》・朝陽《ちょうよう》・甲鉄《こうてつ》・飛竜《ひりゅう》から大砲を連発。その直後に陸軍が銃を乱射してきたので、忽《たちま》ち敗れて松前に逃れた。逃げるを潔しとしない士は、刀を抜き、踏み留まって防戦するも、砲弾の前に打ちのめされる。

海陸からの攻撃に防衛線は崩れ、徐々に五稜郭に追い詰められていく榎本軍。そしてついに、五月十一日、追討軍は函館に総攻撃をかけてくる。榎本艦隊は、官軍の艦隊に戦いを挑むが、全滅する。陸でも榎本軍は、猛攻の前に敗れた。陸軍奉行並函館市中取締の土方歳三も一本木関門《いっぽんぎかんもん》において、鬼神の如き働きをするが、腹部を銃弾が貫き、絶命した。

五月十二日、早朝——七重浜《ななえはま》に接近した甲鉄艦の巨砲から連射された弾は、市街を火の海にし、砲煙が雲のように立ち昇り、日光を遮った。

佐久左衛門は、衝鋒隊の諸士を集めて、出撃前に酒宴を張っていた。牛を屠《ほふ》り、その肉が振る舞われた。

「函館を回復しなければ、誓って還らず」

佐久左衛門が気勢を上げたのを見届けた後、信郎は風呂に入るため、室から出た。その直後である、耳をつんざく爆音が聞こえたのは。煙が濛々《もうもう》と立ち昇っている。敵の砲弾が炸裂したのだ。信郎が急ぎ、室に入ると、佐久左衛門は重傷を負い、立ちあがることができない状態であった。他の多くの者も、深い傷を負い、呻き苦しんでいるか、皮膚を爛れさせ痛みに口を歪めている。

「総督、総督。古屋様」

信郎は倒れている佐久左衛門に駆け寄り、肩を抱いたが、苦し気に息をするのみで、言葉は返ってこない。信郎は、兵卒百十余人に金を与えて、重傷者を湯ノ川に落とした。四日後、佐久左衛門は、息をひきとった。歳は三十七。この砲撃によって、士卒六名が死んだ。

十三日、官軍は和議の使者を遣わしてきたが、榎本は撥ねつけた。その後も、再三再四、和を請う使者が現れたが、誰も振り向きもしなかった。

「五稜郭が我らの墓じゃ」

信郎は最後まで付き従ってきた兵士五十余名を鼓舞した。官軍は肉弾戦を仕掛けてこず、甲鉄艦より破裂弾を撃ち込んできた。あるいは、塁《るい》を築いて野戦砲から弾を放った。

十六日、千代ヶ岡の塁が敵によって破られた。五稜郭が孤立する様が眼前に見えてくると、兵卒の中に、壁を乗り越えて、官軍に降伏する者が現れた。

「全ては私の責任である」

榎本大総督は、腹切ろうとしたが、諸隊長が止めに入り、結局は官軍と和を結ぶことになった。明治二年(一八六九)五月十八日、榎本政府は、官軍に降伏。衝鋒隊士は、函館の称《しょう》名《みょう》寺《じ》に入り謹慎、朝廷に罪を謝することになる。信郎は燃え尽きた灰のように倒れ込むと、余燼《よじん》燻《くすぶ》る北の大地に跪《ひざまず》き、独り瞑目《めいもく》した。

第七章

供述

称名寺から、弘前《ひろさき》の蓮華寺《れんげじ》に幽閉された信郎は、一編の詩を創った。

南争北戦、艱難《かんなん》にあまねく
胞裏養成《ほうりようせい》す、方寸《ほうすん》の舟《ふね》
松柏《しょうはく》は門前の朝露《あさつゆ》に冷く
梧桐《ごとう》は窓外《そうがい》の晩風《ばんふう》に寒し
身は、矍鑠《かくしゃく》に就き、何ぞ命を辞さん
家併《いえならび》に禄田《ろくでん》は空しく、官に没せられ
慈母《じぼ》の恙無《つつがな》きや否やを知らず
夢魂《むこん》は旧話《きゅうわ》によって団欒《だんらん》す

南に北に戦い続けて、難儀の限りを尽してきたが、胸中にはいつも五分の赤心《せきしん》を抱いてきた。門前の松や柏は朝露に濡れて冷たく、窓外の梧桐は夜風に吹かれて、寒さが募る。身体は壮健だが、我が身の運命は何処にいくのか。家や田も全て官に没収されてしまった。慈母の生死も分らない今、夢の中で思い出話を楽しむのみである。

敗残の身となった信郎の心に、珍しく望郷の念や家族への想いが芽吹いている。彼の鍛え抜かれた身体は、病に冒されることはなかったが、心には大きな穴が開いていた。鳥羽伏見以来の戦いで命を落とした戦友のことを想うと、涙が吹き出そうであったが、信郎は泣かなかった。

(泣けば、我が心までが、薩長に負けることになる)

そう想い堪えに堪えた。明治二年十一月四日、信郎の身柄は、尋問のため、函館港より、海路、東京に移送される。

「近藤勇から聞いた。坂本龍馬を殺したのは、見廻組の今井信郎じゃと」

新選組で「人斬り鍬次郎《くわじろう》」と呼ばれた大石鍬次郎は、捕えられ、新政府兵部省《ひょうぶしょう》の取り調べによって、龍馬殺しの犯人は、信郎ではないかと吐いていた。信郎は、近江屋事件の重要参考人として、東京辰の口《たつのくち》の兵部省軍務局糾問所《きゅうもんじょ》の牢に放り込まれた。十一月九日のことだ。

牢に入る前、白洲《しらす》に引き出された信郎は、砂利の上に薄い茣蓙《ござ》をひいたところに、正座で座らされた。普通の人間ならば、膝が痛み苦痛を感じるものだが、信郎は平然とした顔で前を向いている。正面の高い座敷には、役人三人が、厳しい顔で座っていて、その中の一人が、

「糾問中は、そなたは揚屋《あげや》に入ることになる」

と告げた。告知が終わると、獄吏が腰に細縄をかけ、

「こっちじゃ」

揚屋の戸口に案内した。錠が開かれ、中に入ってみると、揚屋は何部屋にも分けられ、多くの者が群居している。信郎が入ると、ぎろりと睨みつけてくる者が何人かいた。一番奥の部屋(四番房)に入れられる直前、信郎は、身体改めを受け、石筆《せきひつ》・矢立《やたて》を奪われた。

丸太の二重格子に囲まれた室内は、六畳あったが、厠《かわや》と流し箱があったので、実際は四畳半と見られた。七人ほどの人間が押し込められていたが、その中の一人が声を発した。

「今井ではないか」

声が聞こえた方を、目を凝らして見ると、小兵《こひょう》の男が胡坐《あぐら》をかいて座っている。伝習隊を

率い、函館まで戦った大鳥圭介であった。

「大鳥様」

「久しいの」

大鳥は笑みを浮かべて、自分の眼の前に座るよう、地を指で差した。信郎は大鳥の前に坐すと、

「力及ばず、無念でございます」

肩を落とした。

「いや、我らはよく戦った」

大鳥は、信郎を励ますように、いや自らを納得させるように、快活に断言した。

「それより」

大鳥は話題を変えようとしたのか、

「将棋でもささんか」

盤と駒を手元に引き寄せた。対局が始まったが、大鳥は軍学に精通している割に弱かった。

(今、一手で詰みじゃ)

信郎はほくそ笑んだ。大鳥の顔を見ると、真剣な目付きで、時おり頭を掻きつつ、盤面を

睨んでいる。睨んでいるだけで、いつまで経っても、駒を動かそうとしない。痺《しび》れをきらした信郎が、

「これで止めにしましょう」

遠慮がちに言うと、大島は、

「もう暫く」

チラリと信郎の顔を見て、再び盤面を見つめる。しかし、いくら時が過ぎても、大島はピクリともしない。

「勝負はつきました。止めにしましょう」

信郎が再び語りかけると、

「では、この勝負はなし」

大島は、駒を手でジャラジャラと掻きまわし、御破算にしてしまった。大島とは今後、毎日のように将棋をさすことになるが、この繰り返しであった。絶対に、

「参った」

とは言わなかった。信郎は心中、

(小兵の、南京かぼちゃめ)

苦笑しつつも、その剛情さに感心もした。

牢に入った当初は気が張っていたため分らなかったが、やはり相当な悪臭がした。男の体臭と厠の臭いが、ない交ぜになって鼻をつく。

「しかし、皮肉なものだ」

大鳥が突然、ため息をついた。

「何がでございます」

信郎が聞くと、

「この牢屋は、わしが一昨年、歩兵頭であった時、歩兵の取り締まりのために建てたもの。その牢屋が今は、我が身を縛る獄となろうとは。己より出ずるものは己に返るとは、よく言ったものじゃ」

大鳥は、口を開けて笑った。信郎も大鳥の諧謔《かいぎゃく》に笑みをもらした。夜になると、鼠《ねずみ》がカサコソと蠢動《しゅんどう》し、残飯を貪《むさぼ》り、枕辺を走り回る。牢中に枕を入れることは禁じられていたので、皆は飯を包んでいた竹皮を取り置き、それを幾重にも畳み枕としていた。

朝飯は、味噌汁に沢庵一切れ、金鍔《きんつば》一小片、煮豆少しという質素なものであった。信郎が沢庵をかじっていると、

「御見廻りなり」

との声が揚屋の外から響いてきた。

「小吏《しょうり》の巡見だ」

大鳥が信郎の耳元で囁く。

「小吏が前に来た時は、ご苦労なりと皆で唱えるのが、習わしになっておる」

小吏の声が四番房の前に来た時、信郎も、

「ご苦労なり」

皆と共に声を張り上げた。

「これだけでは足りぬだろう」

大鳥はそう言って小使いから、生姜や味噌、煮しめを買い、信郎らに分けてくれた。沐浴《もくよく》は十日に一回、飯時に出来た残り湯を流し箱に入れ、籤《くじ》で順番を決めてから、行水《ぎょうずい》した。

厠は一つだけで、しかも小さかったので、飯の後は、とにかく難儀であった。

「早くせよ、もう堪らぬ」

「誰だ、糞で厠が汚れておるではないか。お前か」

「私ではない。私が来た時には、既に」

「とにかく、掃き清めなければ」

騒がしいこと、このうえない。臭いは、香水一瓶を置いたことによって、かなり除かれた。

「腹を下してしまったのだが、これを見よ」

大鳥が厠から出てきたと思ったら、七尺もあるサナダムシを手でぶら下げて、信郎の目の前に垂らしたこともある。

「サナダムシには、柘榴《ざくろ》の根皮《こんぴ》が良いというので、医者に頼み、度々、服したのだが、効き目はなかったようじゃ」

「一昼夜は絶食しなければ、その効なしと言います」

「絶食。未だ気候が定まらぬ時に、そんな事をしては身体に毒だ。わしには無理だ」

大鳥は、顔を赤くして、頭を掻いた。信郎は、大鳥と将棋をさすばかりでなく、十二月下旬から英学を始めた。明治三年（一八七〇）の二月には、英会話の書物を得た大鳥から、手ほどきを受け、

「そなたには、素質がある」

と誉められるまで上達する。牢での生活は確かに窮屈で不自由ではあった。だが、戦の日々を送ってきた信郎の心を穏やかにとろけさせたのも、また事実。糾問所における牢仲間

との生活は、二月二十一日で終わりを告げる。信郎の身柄は、刑部省《ぎょうぶ》(伝馬町《てんまちょう》)の牢に送られたからだ。尋問が始まった。時の刑部大輔《だいふ》(法務大臣に相当)は、土佐藩出身の斎藤利行《としゆき》であった。

＊

取り調べ官の声が室に響いた。

「そなたが、坂本龍馬を殺したことは、新選組の大石鍬次郎の自白によって明らかじゃ。相違ないか」

信郎は、瞬きもせずに、取り調べ官の顔を睨むようにして、

「拙者は、坂本を斬ってはおりません」

と答えた。

「なに、では大石が嘘を吐いたというのか」

「はい、確かに拙者は、坂本を捕えるために、同志とともに出動しました。しかし、私は坂本がいる二階には踏み込まず、台所で見張っていたのであります」

「見張り役だと」

取り調べ官は、悔し気に息を吐くと、

「では、事の次第を詳しく申して聞かせよ」

腕組みして、傲然《ごうぜん》と構えた。

「拙者、慶応三年の十月初め頃に上京し、見廻組の周旋方《しゅうせんかた》を務め、ひたすら諸藩士との交わりで忙しくしておりました。ですから、同僚の姓名など、いちいち知りませんでした。

十月の半ば頃、組頭の佐々木只三郎の呼び出しを受けました。組頭の話というのは、土州藩の坂本龍馬に不審の筋がある。先年、伏見で捕縛のところ、短筒を放ち、伏見奉行所の同心二名を打ち倒して、逃走した。その坂本が河原町三条下がる、土州邸向かいの町家に旅宿中なので、この度は、逃がさぬように捕縛すべし、万一、手に余る場合は、討ち取るよう御差図があったので、同行の者とともに、出動せよというものでした。

なお坂本は、二階におり同宿の者もいるので、渡辺吉太郎、高橋安次郎、桂隼之助は二階に踏み込み、拙者は土肥仲蔵、桜井大三郎らと台所あたりで、見張りとなり、組頭の指図に応じ、助勢する者あれば防ぐ手はずを定めました。

当日は昼八つ時頃に一同、龍馬の旅宿に参りました。この時、桂隼之助は、只三郎の命で、一足先に訪れて偽言《ぎげん》をもって、坂本の在宅の有無を探ったところ、留守のようでしたので、一同は東山辺りを逍遥《しょうよう》したのです。

夜五つ刻頃、再び訪れ、佐々木只三郎が先に立ち入り、松代藩とかの偽名を認めた手札を差し出し、坂本先生に面会を申し入れたところ、取次の者が二階へ上がるので、手はず通り、渡辺吉太郎、高橋安次郎、桂隼之助は後を追い、佐々木は二階の上り口を固めました。拙者並びに土肥仲蔵、桜井大三郎はその辺の見張りをしていましたが、奥の間にいた家内の者が騒いだので、取り鎮め、上り口へ戻ってくると二階に上がっていた三人が戻って参りました。龍馬の他に、二人の同宿者がいたが、手に余り龍馬を討ち、他の二名は斬りつけ傷を負わせたが、生死は見届けずという報せだったので、やむなく、佐々木の指図で、めいめい旅宿に立ち戻ったのです。その後の始末は一切知らず、坂本に不審のかどがあったことについても、拙者は着任早々の新参なので、よく分らず。以上でございます」

信郎が淀みなく喋り終えたので、取り調べ官も、その場では追及することができず、

「本日はこれまで。だが嘘を申せば、罪が重くなることだけは覚えておけ」

と、脅しつけることしかできなかった。信郎は、何をどう話すか、牢屋のなかで、あらかじめ考えていた。取り調べの場も、一種の戦であった。嘘を言うことに、後ろめたい想いは

一切なかった。戦においては、詐術《さじゅつ》をもって敵を騙すことも自らの身を護るため、そして仲間の名誉を守るために必要だ。

信郎は、渡辺・桂・高橋が鳥羽伏見の戦いで死んだことは知っていた。よって彼らに龍馬殺しの罪をかぶせ、生死の確証を得ていない土肥・桜井を見張り役に仕立て、罪が及ばぬようにしたのだ。しかし、人によっては、信郎の行為を、死んだ者に罪をかぶせる卑怯者と罵るだろう。信郎にしてみたら、

「世の人は我を何とも言わば言え　我なす事は我のみぞ知る」

の心境だったろうが。

刑部省は、高知藩と静岡藩に対しても、龍馬殺しに関する調査をしているが、高知藩からは、

「詮索の結果、確証は得られず。流山で捕縛された近藤勇が原田左之助という者も加わって討ち入ったと申したという話を聞いた以外には心当たりはない」

との回答しかこなかった。静岡藩は、

「元見廻組の小笠原忍斎《にんさい》を呼び、権大参事《ごんだいさんじ》が入念に調べたが、見廻組の行動は全て与頭の佐々木只三郎が取り仕切っており、詳細は分からず。お尋ねの次第には心当たりはない」

と答えた。近藤勇や大石鍬次郎の証言以外の新たな情報を得ることはできなかった。信郎は、

「自らは見張り役」

とは言ったものの、死は覚悟していたが、判決は意外なものだった。

申渡し書

明治三年九月二十日

宮崎少判事達

小島中解部、岡部少判事扱

静岡藩　元京師見廻組　今井信郎

その方儀、京都見廻組在勤中、与頭佐々木只三郎差図を受け、同組のものと共に高知藩坂本龍馬捕縛に罷《まか》り越し、討ち果たし候節、手を下さずと雖《いえど》も、右事件に関係致し、加えてその後脱走、官軍に抗撃、遂に降伏いたし候とは申しながら、右始末不届きにつき、きっと厳科に処すべき処、先般仰せ出さるの御趣旨《ごしゅし》に基き、寛典《かんてん》をもって禁錮《きんこ》申しつける。但し静岡

藩に引き渡し遣わす。右申渡しの趣き、受け書申し付ける。

志士を斬り、京の都を血で染めた近藤勇は、捕縛後、約一ヶ月で処刑されていることを考えれば、甘い処分である。明治二年七月、新政府は、

「私利私欲によらない旧幕時代の行為は罪を問わない」

とする沙汰を出しているので、その事が寛大な処置に繋がったのかもしれない。

「新政府に最後まで抵抗した極悪人を死罪にしないで、法の公平は保てない」

長州の木戸孝允《たかよし》などは、榎本政府の投降者に対し、厳しい処分を要求したが、函館戦の官軍参謀だった薩摩の黒田清隆は、西郷隆盛の力を借りて、助命に奔走したという。

「殺せ、殺せ」

との声もあがるなか、信郎や大鳥、榎本の首は、西郷と黒田の尽力によって、紙一重のところで繋がったのだ。大鳥は、出獄後、新政府に仕え、駐清国特命全権公使、枢密顧問官などを歴任。榎本も、文部大臣・外務大臣など要職を歴任した。

明治新政府から禁錮処分を受けた信郎は、静岡藩に引き渡されることになった。

最終章

転生

大正六年(一九一七)、信郎は脳卒中で倒れ、半身不随となり病床につくことになった。明治三年に牢から解放されて四十七年の歳月が過ぎていた。幼い頃より腕白坊主として暴れ廻り、長じてからは見廻組・衝鋒隊の一員として戦い続けた男に初めて安息の日々が訪れたのだ。

布団に横たわる信郎の頭によぎるのは、そうした幕末の日々ではなく、伝馬町の牢から出た時から始まった「明治の世」の思い出であった。静岡藩に引き取られた信郎は、徳川慶喜の屋敷(府中)の一隅《いちぐう》で謹慎するが、明治五年(一八七二)一月六日、特赦によって釈放される。

(釈放された後は、一目散に本郷の我が家に向かったものだ。そう言えば、その時、愉快なことがあったわ)

信郎は、遠い目をして、軽く笑みをもらした。本郷の実家近くにある金毘羅宮《こんぴらぐう》の参道を歩いていた。

（懐かしや）

編笠《あみがさ》を深くかぶった信郎が見上げていた時である。参道の階段を足早に降りて来る娘がいた。信郎は娘の顔を見てハッとした。妹のけいだ。背は少し伸びているが、妹の顔に間違いはない。けいは、勿論、信郎には気付いておらず、そのまま走り去ろうとしたので、信郎は、いきなりグッと娘の手首を掴んだ。

「アレッ」

娘は金切り声を上げ、手を振り振り逃げようとした。信郎は黙って編笠をとり、顔を見せる。恐怖に歪んでいた娘の顔に、みるみる涙が溢れてきた。

「兄上」

けいは、絞り出すように声を出した。

「泣くことはない。何をしているのか」

「兄上の無事を金毘羅様にお祈りしていたのです」

「そうか、案じてくれていたのだな。すまぬ」

「私だけではありません。父上も母上も、義姉上も、日々、兄上の無事を祈ってきました」

鼻をすりつつ、けいは信郎の胸元に顔をおしつけた。信郎の家族は、信郎の生死も分らず、心細い不安な日々を過ごしており、もはや無事を神仏に祈るしか術はなかったのだ。

「皆、兄上が帰ってきたと知ったら、喜びます。早く行きましょう」

けいは、信郎の手を引っ張り、自宅へと連れて行った。実家に着くと、父母が、

「よく無事で。よく帰ってきた」

涙を流し、喜び合った。妻のいわは、

「無事なお帰り、お待ちしていました」

三つ指ついて、静かに頭を下げた。

信郎は、普段は無口なたちなので、戦や牢獄生活については語らなかった。家の中を見回すと、外観や内観こそ変わらなかったが、家財道具の多くが無くなっている。

「売ったのです」

母・きねはため息を吐きながら言った。

「立派な旗本の奥さんやお嬢さんも、家財道具を通りに並べて売っていたのですよ」

扶持《ふち》を失くした士族の生活は、それは惨めなものだった。

「良い道具でも、二束三文。買い手があれば良いほうじゃ」

父の守胤は、白髪が増えた頭を撫でつつ、こぼした。

「彰義隊の戦の時には、我が家の庭にも、細長い弾がドンドン落ちてきたのですよ。私は、怖くて怖くて、父に連れられて板橋まで逃げたのですが、そこの農家の人たちが、大きな茶碗に麦飯を山盛りにして食べているのを見て、何とも我慢ならず、父にせがみ、その日の内に本郷にまた戻ってきたこともありました。母上は家に残っていましたから、帰ると叱られると思い、ごめんなさいと何度も謝りながら、門口を入ったのです。すると」

けいは一呼吸おいて、

「なんと、母上は、薙刀《なぎなた》を右手にして、具足櫃《ぐそくびつ》を背負い、玄関の式台《しきだい》の上に腰かけていたのです」

目を丸くして、母が腰かけている真似をした。

「私は帰ってきたものは仕方がない。死ぬんなら皆、一緒に死のうと言ったのです」

薙刀を持ち、具足櫃を背負ったとは思えないほど、落ち着いた声音で、母は微笑んだ。

「ところでな、省三は他家に養子に出そうかと思うておるのだが」

父が信郎の目を窺うようにして、省三（信郎の弟）の養子話を突然切り出した。信郎は瞬時に反応し、

「口減らしのためですか！　なりませぬ！」

唾を飛ばして激怒、こう話を続けた。

「これからの世は、学問が大切にございます。剣や槍を振り回すことは、もはや時勢に合いません。省三には学問をしてほしい。養子になど行ったら、省三は一生、冷や飯を食って終わります」

散々、刀を振り回してきた信郎が言ったものだから、誰もが噴出しそうになったが、押し黙って耳を傾けた。

釈放されてからの信郎は、読書に没頭していた。『資治通鑑《しじつがん》』『英国文明史』『民権論』『進化論』『西国立志編《さいこくりっしへん》』といった東西の書籍を読みこなし、新知識を得ていった。その中で、人には学問が、教育が重要であると、しみじみ悟ったのだった。元々は学問好きの、呑み込みが早い信郎である。もはや、刀の時代ではないと思い定めたのだ。結局、養子に出される所だった省三は開成校に進学、苦学して後には、金沢の第四高校教授となる。

信郎の家族は、信郎が静岡に住んでいることが分かると、本郷の家を離れ、静岡の鷹匠《たかじょう》に移り、農業に精を出した。静岡には徳川宗家相続を許された家達が、慶応四年に移封されたので、それに従って、約五千名の徳川家臣が移住していた（明治四年には廃藩置県が行われ、家達は再び東京に移っている)。

＊

(わしの後半生は、教育と共にあった)

病床の信郎の頭からは、家族の情景は去り、熱い血を燃やした教育に関する思い出が蘇ってきた。倒れた今になっても、教育のことを想うと、胸が滾《たぎ》る。

徳川家が静岡に移封すると、それまで江戸にいた昌平《しょうへい》学校(前身は昌平坂学問所)の教授も、同地に移り住み、静岡学問所、沼津兵学校が誕生した。学校は、七歳から十八歳までの子が学ぶことができ、読書・算術・地理・英仏語・剣術・水練と科目は多彩であった。

ところが、中村正直《まさなお》、外山正一《まさかず》といった一流の教授陣の静岡移住は、明治新政府にとっては、大きな損失だった。そこで、明治政府は、東京開成学校を設立し、彼らを東京に呼び戻す。そして明治五年八月、静岡学問所は、廃止される。

(このままでは、静岡の子弟教育は疎《おろそ》かになってしまう)

信郎は、資金を募り、駿府城の敷地を買い取り、藩校の寄宿舎を払い下げてもらう。更に、英国人のマクドナルドや日本人の教師を集め、英語や漢学、数学、農業、軍事演習、兵式体操を教授させた。

（これで、立派な教育ができる）

希望に胸を膨らませた信郎だったが、県庁から横車《よこぐるま》が入る。

「学校を兵舎として使うので、返還せよ」

との命令だ。実際は、かつて新政府に歯向かった信郎が、学校を創り、そこで軍事や兵式体操を教えていることを警戒した官憲が、学校潰しを画策したのだ。信郎は、むっとはしたが、

（学校は、またどこでもできる）

あっさりと県庁の要求をのみ、無償で献上した。

明治八年（一八七五）三月、信郎は、人材不足に悩む静岡県の招きに応じて出仕し、小役人としての生活に甘んじることになる。翌年には、当時は静岡県に属していた八丈島に、部下の岡和田寛利《ひろとし》、志賀次郎とともに渡る。人口八千の孤島で、信郎が先ず手掛けたことは、学校の創設であった。明治十年（一八七七）、樫立《かしたて》、大賀郷《おおがごう》小学校が開校。他には、戸籍の整備や貯水池の開発に精を出した。

精を出したのは事業だけではなく、信郎は、島の娘・丸岡はまと同棲し、ついには子を儲けるのである。

水を得た魚のように、島民のために尽力する信郎であるが、同年六月、依願退職する。

「西郷隆盛、政府に叛《はん》する」

の報を得たからだ。

(わしの命は、西郷さんがいたからこそ、助かった。それに今の政府の連中はなんじゃ。民の疲弊をよそに、権力の甘い汁を吸い、栄華を誇っておる。何のための維新か)

人伝に、助命の経緯を聞き、信郎は西郷こそ、命の恩人と感謝し、人格を尊敬していた。

(西郷さんを助けたい。今度は、わしの番じゃ)

西郷を想う余り、信郎がとった行動は、お上に志願して、西郷隆盛追討隊を結成することだった。

(九州に着いたら、寝がえり、政府軍と戦う。西郷さんを助ける)

戊辰戦争で、新政府を相手に暴れた記憶が再び蘇ってきた。以前、家族の前では、

「刀を振り回す時代ではない。これからは学問じゃ」

と豪語したものの、いざとなって見れば、戦への衝動を抑えることができない。

（やはり、わしは戦人なのか）

信郎は、心の中で自問自答した。上京した信郎は、一隊の長（一等中警部心得）に任じられ、戊辰戦争当時の部下や静岡の士族の子弟を集めて、西に向かった。話を聞くと、未だ新政府に恨みを持っている者もいた。信郎の心中を知らぬ連中は、

「恩知らずめ」

「怪しからん」

と怒ったが、信郎はどこ吹く風。

（今に見ておれ）

と睨みつけた。日夜、行軍する部隊だが、浜松を過ぎる頃、

「西郷軍はほぼ全滅。大勢すでに決す」

の報を得て、為すこともなく帰京、八月二十七日、千葉県習志野で解散となった。警視局からは、

「よく、報国の義務を弁じた」

として、金二十円が下賜《かし》された。

（西郷さんが死んだ。我が事、終われり）

信郎の心体は、またもや燃え尽きた。翌年二月、丸岡はまは男子を出産、信香と名付けられた。明治十五年（一八八二）、信郎は下僕を遣わし、信香のみを呼び寄せた。母子別れの時、はまは、海岸の砂に伏し、泣き叫んだという。

*

報恩《ほうおん》のために起《た》った信郎だったが、その想いは脆くも潰え去った。精魂尽き果てた信郎が頼ったのは、元旗本でもあり、講武所の先輩でもあった中条景昭《ちゅうじょうかげあき》であった。中条は、講武所の剣術教授方に就くほど剣の腕は確かだったが、維新後は、牧之原（現・静岡県牧之原市）荒野の開墾《かいこん》を、旧幕臣たちと進めていた。

背は小さく、一見、華奢《きゃしゃ》な体付きにも見えるが、身は引き締まっている中条の前に座った信郎は、

「開墾に生きたいのです」

日焼けした顔を真っすぐに中条に向けて、心情を吐露した。中条は五十を過ぎたばかりだが、皺が無数に刻み込まれた額を振るようにして、

「新政府に仕えれば、栄達《えいたつ》できるかもしれんぞ。大鳥圭介を見よ。工部大学校の校長になったそうな」

「栄達など眼中にありません。開墾そして農業に生きたい」

「どうやら、本気のようじゃな。だが、甘い世界ではないぞ。失敗し、脱ける者も相次いでおる」

「もとより、承知しております」

「そなたの想い、相分かった。共に励もうぞ。ところで今、牧之原の村落に、徳川家康公の木像を安置する郷社《ごうしゃ》を建立しようとの動きがある。郷社建立は、士族の結束にも良かろうと思い、私も賛同している。もし、そなたも賛同してくれるならば、資金集めに協力してくれないか？」

「是非、やらせて下さい」

「それは良かった。先ずは、東京に行き、山岡鉄舟《てっしゅう》殿に相談してみるのが良かろう」

山岡鉄舟と言えば、江戸城無血開城の会談に先立ち、官軍がひしめく駿河《するが》に赴き、単身で西郷隆盛に面会した旧幕臣である。当時は、宮中にて、侍従として明治天皇の側近く仕えていた。早速、鉄舟のもとを訪ねると、

「郷社建立は、誠に良い話。資金に関して言えば、三井、渋沢などの実業家を動かそうと思えば、東京府知事の大久保一翁《いちおう》様の添え書きを貰うのが一番。また、士族を動かそうと思えば、勝海舟様のお力を借りるのが良かろう」

丁寧に方向を示してくれた。お礼を言い、急いで大久保を訪ねて、話を切り出すと、

「私は、府知事を務めており、日々、多忙を極めています。とても、そのようなお世話をする暇はありません。ご免蒙りたい」

かつて、第十一代将軍・徳川家斉《いえなり》の小姓《こしょう》を勤めた大久保は、信郎が何度頼んでも冷淡に拒否した。信郎は、頭に血がのぼり、挨拶もせずに、席を飛び出してしまう。

（徳川家の大恩を忘れてしまったのか）

怒りと悲しみの感情が心を包むなか、信郎は赤坂の氷川神社近くに住む勝海舟のもとに行き、

「何卒、郷社創建の力添えを」

何度も頭を下げた。すでに海軍卿《かいぐんきょう》や元老院《げんろういん》議官を歴任している勝は、信郎の顔をしげしげ見つめ、

「それを祀《まつ》ると、何かになるのかえ」

「いや、何かになるわけではありません。東照宮様の御恩に報い奉る、その一心でやるのでございます」

「そんな事なら、おれは真平らご免だよ」

先ほどの大久保の件があったので、信郎はかなり気がたっていた。

(またか)

という感情が次から次へと押し寄せてきて、

「この腰抜けめが。大久保同様、政府の役人になって、徳川の大恩を忘れくさった。こんな奴らには頼まぬ」

勝を睨みつけて、大声で喚くと、足早に邸を去った。勝は、珍しいものを見たといった顔で、にんまりしていた。

＊

有力者の支援は得られなかったが、その後も信郎は熱心に立ち回り、鉄舟の協力もあり、旧士族のなけなしの金千円を集め、何とか郷社を建てることができた。

信郎が入植したのは、雑木林が辺りに蔓延《はびこ》る初倉村であった。家は見晴らしの良い高台に建てられ、辺りは竹藪が生い茂っていた。妻いわと二人の生活である。入居当初は「吉野五郎」という変名を使っていた。旧土佐藩の者が、龍馬と慎太郎の仇を討つとの噂があったからだという。ところが、訪問者が近隣の農民に信郎の所在を尋ねると、

「今井さんなら、吉野さんという家に同居しています」

悪気なく教えるので、変名は役に立たなくなった。訪問者には用心をした。戸を開いて、一度に全身を見せることはしない。戸に寄り添い、身を引きながら、開けた。外出の際も、仕込み杖《づえ》を手元から離さなかった。用心深い信郎ではあったが、農民には気さくに、親切に接した。

「傳兵衛《でんべえ》さん」

「太蔵《たぞう》さん」

と、さん付けで呼び、村内の挨拶回りまでした。農民は士族たちを、

「殿様」

と呼んだが、信郎は、

「今後は、殿様と呼んでくれるな」

きっぱりと言ったという。そんな信郎の姿を見て、

「武士の名折れ」

「名誉にかかわる」

と責めて来る士族もいたが、

「威張る奴は大嫌いだ。田を耕すという意味ではわしも百姓である」

信郎に一喝されて、すごすごと引き下がっていった。士族の農民に対する態度は、尊大《そんだい》を極めた。

「今日、百姓仕事に来い」

偉そうに命じ、断ると、投げ飛ばし、酷い場合は金を無心することもあった。もちろん、不逞《ふてい》の士ばかりでなく、真面目に農業に取り組む人間もいた。信郎もその一人である。信郎は、旧佐倉藩士で、西洋農業の指導者・津田仙《つだせん》から教えを受け、使用人と共に、茶の栽培、製茶から農耕、果樹栽培まで懸命に取り組んだ。仙の娘は、日本における女子教育の先駆者・津田梅子《うめこ》である。

仙は三養社《さんようしゃ》という農業振興結社を創設、明治十二年（一八七九）には、仙の教えに共鳴した、農民からの信頼篤い信郎が、社の長に選出されている。三養社という名には、教育・勧業・

衛生をもって国作りをしていく、その心意気が込められていた。演説・討論会場を地域に設け、教育や産業、衛生について意見交換し、知識の拡大をはかることが目的とされた。入会費は五十銭、会場費は一回で十銭で、収入は種子・樹木等の購入費に充てられた。信郎は雨の日には、書を読み、農繁期には、麦を刈り、種をまき、養蚕《ようさん》にまで取り組む、まさに晴耕《せいこう》雨読《うどく》の日々であった。

会員の啓蒙に励む三養社だが、明治政府が制定した「集会条例」によって、明治十三年（一八八〇）、解散に追い込まれる。集会条例は、演説会の趣旨の広告や文書による公衆の誘導、政治に関する屋外集会を禁じたもので、制定の背景には、政府の専制に反対し、国会開設を求める自由民権運動の盛り上がりがあった。政府は、警察を使い、穏健団体まで弾圧した。信郎は県庁に行き、

「三養社は、農事の振興を目的としたもの。殖産興農に繋がるものだ」

と、説得を試みるが、耳を傾けてもらうことはできなかった。腹に据えかねる事態だが、ここで暴れては、多くの者に迷惑がかかり、利益は何もない。ぐっと腹に不満を呑み込んで、耐えた。三養社の解散後も、信郎は農事に精進する。茶摘人足《ちゃつみにんそく》の雇用を増やし、自宅に焙炉《ほいろ》を作り、茶を製した。

＊

明治十七年（一八八四）、信郎は、静岡教会に赴任してきた平岩宣保《のぶやす》牧師（元幕臣）によって受洗した。三年前の一月、信郎は、初めて教会に行き、キリスト教に触れた。

「先日、耶蘇教《やそきょう》の宣教師が来た。権現様《ごんげんさま》の禁制された邪教が静岡に広まっては不面目。宣教師は斬るべきである。今井殿、斬ってくれ」

物騒なことを信郎にもちかけてくる士族もいたが、信郎は、

「斬るのは容易いが、お主はその教文（聖書）は読んだのか。読みもしないのに、貶《けな》すのは可笑《おか》しいではないか」

と聞き返し、相手を宥めた。信郎も最初は、聖書を、

「誠に馬鹿馬鹿しい、子供騙しのつまらないもの」

と考えていたが、教会を訪れ、牧師の説教を聞き、感激。伝道者の気高《けだか》い人格や、質素な生活、勤勉さにも触れて、

「今まで耶蘇教を邪教と思っていたが。我ながら不覚であった」

と改心して、聖書学習の期間を経て、ついに洗礼を受けたのだ。洗礼までに、三年もの時がかかったのは、なぜか。信郎は酒のみであったが、大酒をキリスト教徒として、相応しくないと考え、信仰の道に入れなかった。禁酒に挑戦することもあったが、会合等で酒席に出ることが多い信郎は、ついつい深酒をし、泥酔してしまうことも。

「自らの思想、常なきを嘆《たん》ず」

「神罰を懼《おそ》る」

泥酔した時には、日記に反省の弁を書いた。

洗礼の動機としては、明治十七年三月に、長男の克が八歳でこの世を去ったことも大きいだろう。人間の力ではどうすることもできない、この世の不条理。見えるものと見えないものの全ての造り主の存在。死者の蘇りと来世の命——悲しみに暮れる信郎の心を癒してくれるのは、宗教しかなかった。信郎は、キリスト教書籍出版社・警醒社《けいせいしゃ》の創業株主になっている。同社は、内村鑑三《かんぞう》、徳富蘆花《ろか》、賀川豊彦《とよひこ》といったキリスト教の文筆家・思想家を輩出し、キリスト教の普及に大きな影響を及ぼすことになる。

自ら肥え桶をかつぎ、農業に専念する信郎。開拓に農業指導に奔走する日々。そうした姿勢が評価され、明治三十九年(一九〇六)二月には、初倉村の村長(第四代)に選出された。信郎は、政治への関心も深く、明治二十五年(一八九二)には、自由民権運動の代表的政党である立憲改進党(初代党首は大隈重信)に入党、党大会や集会にも足繁く通っている。

*

夜の病床で、龍馬殺害と戦場の悪夢にうなされる信郎。幾多の戦場では、弾雨のために、戦友や部下たちが次々と倒れていった。

か細い息をして、今にも死にそうな、味方の歩兵のもとに駆け付けた信郎は、彼らの首を次々に刎ねた。ほとんどが、若者であった。

夢か現か、信郎の眼に血に染まった刀が飛び込んできた。信郎にとって珍しくもない光景であるのに、驚いたような、または何かを恐れているような顔をして、彼は刀を静かに大地に置いた。

荒涼とした平原に跪き、祈るような姿勢をとった信郎の眼からは、涙が溢れた。

　黙して同胞前後して没せしを数ふ
　知らず何くの土この身を葬むるやを

　五稜郭落城の日、信郎が創った漢詩の結句である。都の地で北の大地で、同胞の血は流れた。大地は、一面、鮮血で染まった。

　突如、明るい日差しが、飛び込んできた。

「男子出生　母子共に健」

　東京にいる健彦から電報が届いた。無事に息子が生れたというのだ。信郎にとっては、初の男孫である。男子は、幸彦と名付けられた。大正七年（一九一八）三月七日のことである。

　夜が明け、朝が来た。病で倒れてから、一年ばかりが過ぎていた。同年六月二十五日午前十時、信郎は静かに息を引き取った。法名は、「隆徳院殿釈信応了義居士」。

　穏やかな陽の光が差す村には、赤色の紫陽花が豊かに咲き誇っていた。

あとがき

筆者は、司馬遼太郎氏の名作『竜馬がゆく』を読んで歴史学を志した。この度、同作の主人公・坂本龍馬を斬った男・今井信郎を初のノンフィクション・ノベルとして執筆することができ感慨深いものがある。

司馬氏は、『歴史と小説』（集英社）の中で、龍馬と共に散った中岡慎太郎が自分たちを襲った暗殺者を次のように評したと書いている。

「かれは難に逢い、死に瀕しつつも、駆けつけた同志の連中にさまざまなことを言った。卑怯憎むべし。豪胆愛すべしと、自分たち二人を討った刺客の引きあげの見事さをほめている。刺客が二階座敷からひきあげるとき、一人の男は、謡曲を謡ってやがったと中岡は医師に介抱されながらいった。坂本と自分をやるなどは、よほど剛強の男であろう。幕士は腰抜けである、と平素あなどっていたが、こう思いきったことのできる男がいる。早くやらねば逆にやられるぞ」

この中岡の言葉は、敵ながらあっぱれという信郎らへの賛辞である。龍馬が生きていたら、おそらく中岡と同じことを言ったのではなかろうか。

今井信郎は、幕臣として見廻組に属し京都の治安維持を担い、戊辰戦争においては鳥羽伏見から五稜郭までを戦い抜いた。その行動力や気力には、現代人には想像のできないものがある。死に直面した時、人は多少は尻込みするものだ。

しかし、信郎には、死が間近に迫ろうとしても、尻込みや躊躇という文字はないかのようである。自らが信じた道を、弾雨《だんう》のなかであろうと、ひたすら突き進む姿の背景には何があるのか。

それは、あらゆる手段でもって徳川の世を潰そうとする薩摩・長州の志士たちへの怒りであり、徳川幕府への忠誠心であろう。近年、薩長側から幕末維新史をみる「官軍史観」の見直しが行われており、多数の書籍が刊行されている。

それらの書籍のなかには、吉田松陰ら幕末の志士をテロリストと呼び貶めるものがある。筆者は、現代の価値観を尺度にして、志士を過度に貶める史観に組するものではない。志士には志士なりの目的意識や正義感があったからだ。また、志士の「暴力」を批判するならば、幕府側の「暴力」も批判しなければならず、そうした判定は無意味であろう。現代人の価値観で歴史を視ようとするから、志士をテロリスト呼ばわりする思考が生れるのだ。力と力のぶつかり合いである幕末の政局で、どちらが正義か不正義かを断定するのは困難である。

幕末史のなかで、今井信郎はマイナーな人物である。坂本龍馬・西郷隆盛・徳川慶喜や勝海舟のように、歴史を大きく動かした訳ではない。世間では、龍馬を殺した幕臣としてのみ名前を残している。龍馬を殺害したことが歴史を変えたと言えなくもないが。

今回、信郎の生涯を描いてみて感じたことは、彼はマイナーな人物ではあるが、その生き様は新選組の近藤勇や土方歳三にも通じるものがあるし、その生涯は龍馬や西郷と同じように波乱万丈ということだ。時代劇のドラマや映画の主人公に取り上げられても良いと思う。

そんな信郎を顕彰しようという動きが、ゆかりのある静岡県島田市の初倉地区で出てきている。会社経営の傍ら信郎について研究してきた塚本昭一氏をはじめとしたＮＰＯ法人「初倉まほろばの会」によって、信郎の屋敷跡に石碑を建てたり、信郎の百回忌には行事を催行《さいこう》するという動きがそれである。

塚本氏は「めまぐるしく変わる時代に適応し、未来のために教育や政治が必要とされることを見据えていたのだと思う」「今井は武士道を貫きながらも、明治維新後は地域人として活躍した。その人柄を多くの人に知ってほしい」と『毎日新聞』（２０１７・６・２９）の取材に答えておられる。

信郎は、一般的に暗殺者のイメージが濃いが、それを覆そうという活動は素晴らしいと思う。人間の一生は、単一の色で染められるほど、単純ではないからだ。塚本氏らの活動や本書によって、多くの人が信郎の横顔を知る契機になれば幸いである。

なお本書は、ノンフィクション・ノベルではあるが、一部、筆者による創作も混じっていることを付記しておく。その全てを記すことはしないが、例えば、信郎が籤を呑み込んでしまう場面や、龍馬暗殺の際に決めた合言葉などがそうである。近年、龍馬襲撃の見廻組メンバーを佐々木、今井、桂、渡辺、渡辺篤《あつし》、世良《せら》敏郎《としろう》とする説もあるが、本書では信郎の証言通りのメンバーとした。

本書の刊行にあたっては、アルファベータブックスの春日俊一氏に大変お世話になりました。末筆ながら、感謝申し上げます。

平成三〇年四月十四日

濱田浩一郎

【主要参考・引用文献】

・今井幸彦『坂本龍馬を斬った男』（新人物往来社、2009）
・長谷川創一『実録　龍馬討殺』（静岡新聞社、2010）
・塚本昭一編著『白雲の魁』（NPO法人初倉まほろばの会、2017）
・菊池明『京都見廻組』（洋泉社、2011）
・大鳥圭介・今井信郎『南柯紀行・北国戦争概略衝鉾隊之記』（新人物往来社、1998）
・守部喜雅『聖書を読んだサムライたち』（いのちのことば社、2009）
・松浦玲『坂本龍馬』（岩波書店、2008）
・飛鳥井雅道『坂本龍馬』（講談社、2013）
・磯田道史『龍馬史』（文藝春秋、2013）
・菊池明・山村竜也『完本　坂本龍馬日記』（新人物往来社、2009）
・宮地佐一郎『龍馬の手紙』（講談社、2003）
・桐野作人『龍馬暗殺』（吉川弘文館、2018）
・司馬遼太郎『司馬遼太郎全集7』（文藝春秋、1972）

濱田 浩一郎(はまだ・こういちろう)
1983年生まれ、兵庫県相生市出身。歴史学者、作家、評論家。皇學館大学大学院文学研究科博士後期課程単位取得満期退学。兵庫県立大学内播磨学研究所研究員・姫路日ノ本短期大学講師・姫路獨協大学講師を歴任。現在、大阪観光大学観光学研究所客員研究員。現代社会の諸問題に歴史学を援用し迫り、解決策を提示する新進気鋭の研究者。著書に『播磨赤松一族』(新人物往来社)、『あの名将たちの狂気の謎』(中経の文庫)、『日本史に学ぶリストラ回避術』(北辰堂出版)、『日本人のための安全保障入門』(三恵社)、『歴史は人生を教えてくれる−15歳の君へ』(桜の花出版)、『超口語訳 方丈記』(東京書籍のち彩図社文庫)、『日本人はこうして戦争をしてきた』(青林堂)、『超訳 橋下徹の言葉』(日新報道)、『教科書には載っていない 大日本帝国の情報戦』(彩図社)、『昔とはここまで違う! 歴史教科書の新常識』(彩図社)、『靖献遺言』(晋遊舎)、『超訳 言志四録 西郷隆盛を支えた101の言葉』(すばる舎)、本居宣長『うひ山ぶみ』(いつか読んでみたかった日本の名著16、致知出版社)、『超口語訳 徒然草』(新典社新書)、共著『兵庫県の不思議事典』(新人物往来社)、『赤松一族 八人の素顔』(神戸新聞総合出版センター)、『人物で読む太平洋戦争』『大正クロニクル』(世界文化社)、『図説源平合戦のすべてがわかる本』(洋泉社)、『源平合戦「3D立体」地図』『TPPでどうなる? あなたの生活と仕事』『現代日本を操った黒幕たち』(以上、宝島社)、『NHK大河ドラマ歴史ハンドブック軍師官兵衛』(NHK出版) ほか多数。監修・時代考証・シナリオ監修協力に『戦国武将のリストラ逆転物語』(エクスナレッジ)、小説『僕とあいつの関ヶ原』『俺とおまえの夏の陣』(以上、東京書籍)、『角川まんが学習シリーズ 日本の歴史』全十五巻(角川書店)。

龍《りょう》馬《ま》を斬《き》った男《おとこ》　今井信郎伝《いまいのぶおでん》

発行日　2018年5月16日　初版第1刷

著　者　濱田 浩一郎

発行人　春日俊一
発行所　株式会社アルファベータブックス
〒102-0072 東京都千代田区飯田橋2-14-5 定谷ビル
Tel 03-3239-1850　Fax 03-3239-1851
website http://ab-books.hondana.jp/
e-mail alpha-beta@ab-books.co.jp
印　刷　株式会社エーヴィスシステムズ
製　本　株式会社難波製本

装　幀　Malpu Design(清水良洋)
扉・目次デザイン　Malpu Design(佐野佳子)
装画　登内けんじ

ISBN 978-4-86598-046-2　C0021

アルファベータブックスの本

反戦歌

ISBN978-4-86598-052-3（18･04）

戦争に立ち向かった歌たち　　竹村 淳 著

人間の命と尊厳を護りぬくために、すべてを破壊する戦争に歌でノーを!! 国境と時代を越えて、脈々と歌い継がれてきた世界の反戦歌。その知られざる歴史とエピソードを綴る!! それぞれの歌のお勧めYouTube映像＋CDのご案内も掲載!! スペイン内戦、第一次、第二次世界大戦、原爆、沖縄戦、朝鮮戦争、ベトナム戦争、中東戦争、イラン・イラク戦争……世界中で繰り広げられた戦争の影で、苦しんだ人々を癒し、勇気づけた歌たちの物語。　A5判並製　定価2000円＋税

狙われた島

ISBN978-4-86598-048-6（18･1）

数奇な運命に弄ばれた19の島　　カベルナリア吉田 著

島をじっくり歩けば、日本の裏と側面が見えてくる。人間魚雷、自殺の名所、産廃、ハンセン病、金山、隠れキリシタン、領土問題、毒ガス、津波、炭鉱…日本の多くの島々が、数奇な歴史と運命に翻弄された。その背景には必ず、国家を、民衆を、他人を自分の思い通りに操りたいと思う「力ある者」の身勝手な思惑があった。彼らの傲慢な思いは、辺境である「島」に、しばしば形になって現れる……。　A5判並製　定価1800円＋税

加賀の芭蕉

ISBN978-4-86598-043-1（17･11）

『奥の細道』と北陸路　　山根 公 著

意外に知られていない劇的な『奥の細道』の旅の終わり……。
「塚も動け我が泣く声は秋の風」 ―俳諧の友たちとの《出会いと別れ》を地元の研究者が実地調査で描く。芭蕉は多くの北陸の俳人と出会い、さまざまな人々との別れを描いている。多数の写真・地図と資料付。

四六判並製　定価1800円＋税

信長は西へ行く

ISBN978-4-86598-027-1（17･2）

永峯 清成 著

「天下布武」への野望……信長の夢は世界を駆け巡り、際限なく拡がって行く。西洋と信長という新たな視点で描く歴史物語。西に向かって歩いていた信長の道は、本能寺の変で二つとも閉ざされた。一つは京への道。もう一つはローマやポルトガルへかけての道。そこでローマの皇帝シーザー、暴君ネロの声を聴く。さらにキリストの磔刑像も。信長は彼らを「南蛮人」と揶揄するのではなく、日本の仏教徒の堕落した姿と比較にならない宣教師たちの高い志を見ていた…。 四六判並製　定価1800円＋税